НАЗИРЕЈ

НАЗИРЕЈ

Марко Д. Марковић

Globland Books

ПРЕДГОВОР

Пред нама су духовни путокази за сваку душу која стреми ка Господу, од преступника до светитеља. Не можемо да поверујемо да је мали српски народ у наше време изнедрио овако изванредног познаваоца теологије, духовног и монашког живота. Још више нас задивљује чињеница да је аутор (Марко Д. Марковић) војно лице и врло млад човек за овако духовно просвећење и узвишене погледе на циљ човековог битисања.

Књига је слична *Лествици* Св. Јована Лествичника. Само је писана српским савременим језиком и стилом приступачним за све узрасте. Свака мисао и сваки савет у њој су лествице за уздизање човека у више, духовне сфере, у којима обитава Бог — извор среће и радости. Аутор понире дубоко у душу својих јунака и анализира их у детаље попут великог Достојевског и нашег дивног Лазе Лазаревића. Изванредан је познавалац човекове психе и јеванђеља, као да је деценијама живео у неком од светогорских манастира и напајао се најбистријом „живом водом”. Загонетно је како се за тако кратко време уздигао у овако високе духовне сфере, када знамо да се родио и младост провео међу нама, у нашој атеистичкој генерацији, оптерећеној многим злом и гресима. Све се ово може објаснити само чудом, Божјим даром и милошћу Неба.

Књигу топло препоручујемо као најбољи приручник за сваког богоискатеља.

ЕПИСКОП ШАБАЧКИ
Лаврентије

ИСПОВЕСТ ЈЕДНОГ МЛАДИЋА

Улицом Светог Саве често сам пролазио у детињству. Данас, понекад само туда прошетам. Са њене обе стране, израсле тополе. Високе. Волео сам као дечак да им дуго седим у крошњама, загледан у небо. Замишљен и упоран у покушају да ћу успети да додирнем облаке. Наравно, и поред велике вере, никада то нисам успео, али било је у свему томе неког смисла. Бар за те године.

Не могу рећи да ми је то била једина жеља и недосањани сан у детињству. Дражила ме је и загонетка где то улица Светог Саве нестаје испред мене док сам се враћао кући, обично после свих, и колико ли има до њеног краја? Сећам се како сам задихан трчао како бих је „сустигао”. Узалуд, узмицала ми је као вечита тајна. Недокучив циљ. Улица дуга, а дечји страх је велик. Нисам имао храбрости да дођем до њеног краја, јер није био осветљен. Признајем, мрак ме страшио.

Волео сам јутра. Тиха и светла. Некако сам у њима увек проналазио уточиште и неку нову игру. Био сам заузет овим дечјим послом и то је разлог због чега сам се кући враћао после свих. Замислио бих сваке вечери увек исту жељу, а онда махао сунцу које се губило иза Милутиновог салаша. Маштао сам о томе како ћу у повратку кући доћи на сам крај светосавске улице где ће ме, неизоставно, сачекати херувими и серафими о којим сам радо слушао од своје баке, простодушне, срдачне старице. Она је знала, чини ми се, све те приче око којих се врти читав детињи свет. И као да ми је био усуд да увек изнова започнем ту вечиту трку у којој ћу по ко зна који пут остати поражен. Ипак, то чудно надмудривање сам настављао из вечери у вечер. Коначно, дошао сам до своје „идеје".

„Све је тако једноставно. Кренућу кући раније, оставити игру и доћи на крај улице пре сумрака. Зар ми је тако дуго требало да дођем до ове досетке?"

Не покушавам да оправдам себе, али када је чак и у одраслом човеку страх он престаје размишљати разумно. Па како онда да се седмогодишњи малишан носи са тим теретом свих нас, који има толику моћ да поробљава у целости? Стајао сам на крају светосавске улице руку уздикнутих ка небу, величајући своју победу. Не задуго, јер ме је обузела велика туга.

„Где су херувими о којим ми је бака причала? Зар није требало да ме сачекају и ухвате за руке? Да ме узнесу на небо?"

У једној вечери читав један мали свет се срушио. Те ноћи дуго сам остао будан размишљајући о томе због чега нисам видео анђеле и да ли они уопште и постоје? Зашто би бака говорила неистину? Остварио сам свој „велики циљ", дошао на сами крај улице, али под кожу ми се увукла нека неподношљива зебња, јер нисам пронашао очекивано. Сада ми је јасно да човек живи само док нечему иде, док тражи, и док је тако заиста се може искрено радовати. Долазак до циља, посебно ако у потпуности не испуни наша очекивања, као да поништава све, јер се са њим губи читава та драж трагања и очараност. Из дна душе ми је ишчупано све оно што сам волео и у шта сам веровао. Знао сам да сутра неће бити моје омиљене игре, да једноставно све зна за свој крај. Одрастао сам у само једном дану. Верујем да је било јако тужно гледати у дечака ког више ништа није могло довести до усхићења. Јер, ја сам, ето, „остварио ту своју идеју", стигао до краја и куда бих даље могао кренути?

„Улица Светог Саве има свој завршетак и у њему не налазим ништа нарочито. Сигурно је и са свим осталим стварима тако!"

Одлучно сам пресудио животу, иако је у мени још увек тињала нада да ипак може бити другачије, да постоји нешто што је трајно и чисто, али се, ето, само игра жмурке и... открић е се већ можда и само. Оставио сам ту мисао као залог у ком је било „оно моје све", како то одрасли људи називају, и чијим би нестанком, вероватно, била угашена чак и та моја последња нада.

Године су пролазиле, а ја у њима одра̂стао у човека. Волео сам да идем увек истим улицама и да их пресецам онако како се то мени допадало. Привлачиле су ме старе, трошне фасаде. Уопште, све оно што је време начело. У томе сам проналазио неку, до тада сасвим непознату чар. Бирао сам књиге окрзалих корица, јер сам веровао да се баш у њима крије нека посебна мудрост. Игру сам, напомињем још једном, заувек изгубио! Застајкивао бих и загледао се у лица људи. Чинило ми се да су сви они, без изузетка, одвећ затворени у свој „проблем”. Осмех је био таква реткост и то ме је доводило до ивице раздражљивости и гнева. Маштао сам о томе како успевам да сазнам шта други мисле и да могу да заживим туђим животом. У том сањарењу тада, признајем, био сам срећан. Временом ми је постало јасно да је једина срећа, заправо, у томе што се та моја уобразиља није остварила и што је немогуће бавити се туђим мислима, јер их има свакаквих. Могућност њиховог сагледавања (од којих су многе прљаве) била би само зла коб коју нико не би могао поднети. Тешко је понекад изборити се и са својим, а како би тек било када би се мисли многих људи обрушиле на само једног човека? Неиздрживо, верујем.

Све чешће сам одлазио у село како се јесен приближавала, носећи са собом, у души, кофере натрпане искреном радошћу. Уживао сам лежећи, лицем окренутим небу, и „чупкајући облаке за проседу браду”. Огрнут топлином јутарње магле, сневао сам дубоко слушајући земљу како лењо дише. Склопљених очију наслућивао сам како ветар у даљини намигује сунцу које тамо, са оне стране, сада већ залази. У мени се рађао сањар уверен да свет, ипак, нема баш увек тако намрштено лице.

Скупљао сам отпале листове и одлучивао се за један од њих који има најлепшу боју. То је било јако тешко за моју тада још увек неупрљану душу, која је у сваком од њих препознавала нарочиту лепоту. Јурио сам за коњима у пољу и у срце ми се поново увлачила нека нова радост. Другачија срећа. И данас, када ме сретне бака Милица, са сетом у очима на њеног упокојеног супруга, замишљено ми исприча увек исту причу од које ми срце заигра.

Тадија, тако се звао овај великодушни домаћин, имао је коња Дората. Враћајући се кући, мусав од црних дудова, затражио сам од Милице да позове супруга. Имао сам нешто „врло важно” да га упитам. Желећи да поштеди Тадију, који је болестан лежао у постељи, понудила ми је да ми она некако помогне, ако може. Био сам изричит и на вратима се ускоро појави он. Болестан, али ипак радосних очију.

„Хоћеш ли ми продати Дората?”

У једном даху, још увек задихан, изговорих. Тадија се из срца насмеја рекавши ми да затражим новаца од дедова, а он ће ми Дората, свакако, продати.

Чудно је како наизглед мала и споредна прича може да испуни још недосањано детињство, па чак и нечији читав живот. Јер, ја сам задуго остао усхићен Тадијиним пристанком да Дорат буде мој коњ и већ сам маштао како ћу га оседлати и узјахати, а онда, поносан, проћи селом. Бака Милица, јадница, читав овај догађај памтиће за живота по болести њеног вољеног мужа. Супружанство је велики дар. Или велика несрећа, како се узме, како живот донесе. Свако има свој усуд. А има и траг по ком памти људе и њихове животе. И свако носи успомене из детињства заувек за собом као најдражу играчку. Заборавити их значило би пљунути на читав свој живот и на своје постојање.

Уверен сам да свако од нас има свој недосањани сан, идеју на чије остварење треба дуго чекати, а понекад чак и страдати. Држим да је у томе велика мудрост Божја. Јер, ако би човек одмах дошао до остварења свих својих жеља и замисли, шта би га спречавало да не клекне пред очајем, и да се не загуби у магли досаде и бесмисла? А шта је био мој циљ, та моја „узвишена идеја”, коју сам дуго неговао у себи, о томе ћу касније. Рећи ћу само да сам за њу живео и на њу ставио велики улог, много мисли. За већи улог ја ни данас не знам! Јер, мисли су сам човек, а за оне најсветлије које рађају племените идеје, треба најпре искусити горчину жучи.

А сада још један белег из детињства и неизоставно ћу прећи на саму ствар, на године у којим сам се сурвао до дна да би из њега васкрсао нови човек. Тешко је говорити о себи, посебно о свом промашају, а ја сам, чини ми се, једино њих вешто погађао! Напомињем овај случај јер је значајан за ту „моју идеју" која се можда у њему самом, једним делом и зачела.

Године су утиснуле заборав у многе дане мог детињства. Ипак, и сада, док прекрајам ове своје забелешке, док стављам закрпе на ткање свог живота, јасно видим суво лице моје баке, добродушне старице, како ме збуњено гледа, зачуђена мојим озбиљним, ничим изазваним питањем:

„Морам ли, бако, умрети?"

Оборила је поглед, не мало уплашена. Пребледела. Испод времене и уредно повезане мараме, стидљиво се искрао прамен многолетних, седих власи којим је отирала хладан зној са набораног чела. Бојажљиво се осмехнувши, помиловала ме је по сањивим образима и дрхтавим гласом прошапутала, надвивши се над читавим мојим бићем као да га је тако желела заштитити:

„Мораш, сине."

Не знам да ли је читаву ту ноћ бдила поред моје постеље, дирнута мојим сузама и неверицом, али сећам се да сам је у јутро затекао на истом месту где је остала те вечери. Кршила је руке и тихо плакала.

Ново јутро није успело одмах да ме помири са мишљу да, извесно, морам умрети. Напротив, у глави су ми се множиле слутње од којих нисам имао мира.

„Ако и морам умрети", невољно сам почео попуштати, „како да знам за мој дан и час? Како то људи умиру? Зашто? Тај тренутак, познаје ли ко? Куда одлазимо? И ко нас тамо чека? Или једноставно само заспимо и више се никада не пробудимо?"

Признајем, све су ово неочекивана питања од једног, још увек зајапуреног малишана. Временом сам схватио да су управо она пробудила у мени ту „моју идеју", зачету тек после много година мог грешног живота, који је уследио у младости. Да сам знао до којих дубина ћу пасти, сигуран сам да се никада не бих извукао из чељусти којим су ме уклештиле те младе године. Слава Богу што нам не открива одмах колико се можемо заглибити у грех. Ретки би били они који не би подлегли искушењу малодушности и очаја, и који би успели да се изборе са самим собом у само једном тренутку! Овако, грех постепено потискује дубоко у нас тог новог човека, сазданог по Богу, како никада не би прогледао. У мом случају, тај нови човек који је требао да васкрсне у мени, дуго је робовао мојој грешној младости. Грех ме тада није у потпуности угушио. Господ је распалио ту искру светлости у мени, како бих се покајао. Променио читав свој живот.

Још у раној младости отиснуо сам свој чун у свет. Сам. У њему нанизао многе године. А онда, кренуо дому од ког сам одбегао.

Не, ја нисам као онај блудни син из Јеванђеља који се враћа огњишту молећи оца за опроштај. Бар тада ничим нисам подсећао на њега враћајући се после толико година лутања да коначно, и чинило ми се заувек, прекинем сваку струну која ме везивала за оца и мајку. Месецима им нисам писао. Свакако, њих сам у својој души прогласио виновницима нашег растанка.

Напустио сам их са својих безмало двадесет, безосећајно и гордо, онако како то и „пристаје“ уз те године. Сметало ми је и само њихово присуство. Презрео сам их из дна душе, ни за што, али то тада нисам схватао. Заједнички живот са њима постао ми је неподношљив. А све то због чега? И зашто сам скитао многе године у младости? Ево, без устезања и лажне красноречивости, сасвим једноставно — окренуо сам им леђа, самоуверено треснувши ногом о под, јер су ме увредили својим трајним негодовањем на било шта што бих учинио. Уопште узев, никада нису ни били задовољни са мном. Као да су се надметали у некаквој прећутној игри у којој је победник онај ко ме више критикује. Напомињем, то сам тада мислио, у време кад ми се читаво биће срозавало у отпадништво. Нисам могао да трпим да ми било ко негодује, па чак ни они. Не, јер био сам преко сваке мере горд!

Као сенка ме пратио мајчин лик све те године мог „Јудиног апостолства" у којима сам издао све узвишене циљеве и свакога кога би ми тај многогрешни живот донео.

Те ноћи, враћајући се дому, прикрадао сам се као лопов. Знао сам да идем тамо где ништа више није моје, са намером да из корена ишчупам оно што ми одавно више не припада — мир и љубав са својим родитељима. Мирис давно заложеног угља, није ме успео вратити, бар накратко, у мислима, на моје, ипак, радосно детињство. Гледао сам на Милутинов салаш са великим презиром. А некада нисам пропуштао сунце да зађе иза тог салаша без мог погледа. Улица Светог Саве ни по чему ми није била другачија од осталих. Све су ми подједнако биле мрске. Заборавио сам да сам је некада давно тако невино волео. У мени више и није било љубави, ни према коме и ни према чему!

Закуцао сам на врата. Изашла је мајка, сањива. Очи су јој нарочито сијале. Скромна хаљина није успела да сакрије њену мршавост. Овакву је нисам упамтио. Лице јој бледо. Танко. Коса замршена, запуштена. Побелела од старости и бриге. Раширила је руке да ме чврсто загрли и, заплакавши од среће, тихо зајеца:

„Сине! Сине мој!"

Не, нису ме поколебале њене речи. Ни сузе. Ништа од свега тога што је њено. Ја сам дошао само да кажем њој и оцу да је ово наш последњи сусрет и да не очекују да им се икада више јавим. Знао сам да је грчевито патила од када сам отишао, али то ми није било важно. Никада. Не, ни те ноћи. Опет напомињем, у тим годинама ја сам био неосетљив и знао сам само за немерљиву себичност. Нисам је гледао док ми се смешила, јер нисам желео то од ње! Од ње ништа! Ни од оца!

Ушли смо у гостинску собу. На зиду много икона. Богородичина, икона Христовог Распећа, Светог Николаја чудотворца... Тихо им је пришла, готово на прстима. Свечано и са сваким одмереним кораком. Нешто је тихо шапутала што ми је личило на молитву. Прекрстила се и тек тада сам се, по њеним кошчатим рукама, уверио у њену нездраву мршавост. Остао сам равнодушан. И тада. Упалила је кандило и многе свеће од којих је соба постала нарочито светла. Стајала је према иконама и заблагодаривши, окренула се ка мени. Није крила велику радост и сигуран сам да је тада веровала да сам се покајао и вратио у дом на ког сам, за себе, некада давно, ставио тежак катанац. Кротко је спустила поглед, као да ме се стиди, и тихо изговорила одломак из Јеванђеља:

„Овај син мој беше мртав, и оживе; и изгубљен беше, и нађе се...”

Гледао сам је не скривајући презир према свему што је она сматрала светињом. Неокајаном грешнику, какав сам ја био тада, има ли било шта свето? Смејао сам се ономе што сâм нисам имао. Пријатном миру и топлини. Обично је тако са неразумним човеком. Подсмева се, завистан, свему ономе што нема па га унапред и презре. Питао сам је чему кандило, чему толике свеће? Смирена, само се благо наклонила и осмехнула. Све ми је то било тако далеко, јер ми је срце остало пусто и затворено. Знао сам да исмевам њену веру, а ја сâм нисам више веровао ни себи, ни људима. Једино сам у своје неверје био чврсто утврђен. Мисао о Богу није ми ни долазила.

Мати је те ноћи све брижно уредила. Свеће. И кандило. Тамјан од чијег мириса сам се потпуно раздражио. Обрадовала се сину који се враћа са странпутице, могла је готово јемчити. Хтела је да ми удовољи, да ми загреје срце и покаже своју љубав, а ја сам и поред свега тога остао затворен у својој надмености.

Тихо је ушла у собу да пробуди оца. Блистала је од љубави која разоткрива само велике душе. Радосна. Не знам чиме је била толико охрабрена кад сам ја био потпуно равнодушан, али била је ванредно спокојна. На вратима је стајао отац. Дуго су се задржали и то ме је јако наљутило. Због чега, ни данас не знам. Можда, јер сам скоро био уверен да су се тамо нешто сашаптвали, а ја нисам могао дуго чекати. Хтео сам да прекратим читав овај „чин” и да што пре одем. Заувек овај пут!

Отац је гризао доњу усну, до крви и нервозно. Угледавши ме како надмено седим и равнодушно гледам на иконе и кандило које је мајка палила једино на дане прослављања великих светитеља, и ево вечерас (јер ово је за њу заиста био велики, радосни празник душе), уздахнуо је и одједном љутито узвикнуо:

„Па зар чак ни према њој", главом показујући на мајку, „немаш нимало милости сине? Сине мој залутали! Вратиће ти се сви ови дани нашег јецаја и муке. Сручиће ти се на главу, не због наше жеље, већ због закона Божјег о кога се не треба огрешити. А ти и даље чиниш исте преступе. Имаш ли ти кајања у себи имало, сине мој? Не тражим ти ја да ме поштујеш, али шта кажу заповести Господње? Бог ти то тражи, дете драго, и он ће ти судити по делима твојим. Тебе месецима нема. Не јављаш се. Мајка ти болесна. Сузна. Уморна од чекања. Па зар је ниси могао бар сада за руке узети да мало ублажиш ту мајчинску бол? Срце си јој избраздао, знаш ли то? И ноћас те прима, не као заблуделог већ као верног сина свог, а ти гордо само одмахујеш руком и ћутиш. Па кажи бар нешто њој, обрадуј мајчино срце, нек се радује бар ноћас, после свих ових година."

Лупио сам јако шаком о сто. Гневан. Пламен из кандила благо је залелујао. Са икона, Ликови Светих као да су ме опомињали, али шта сам ја тад марио за Њих кад сам једино самог себе сматрао исправним и „светим". О, колико Лукави може помутити памет и, заиста, од лошег расуђивања настају многа зла. Тада то нисам знао, уверен, да сам на трагу доброг пута, једини исправан и без греха. Толико сам био горд. Давао сам себи потпуну слободу да пресуђујем свакоме, убеђен да су подједнако криви за мој промашај — отац, мајка, сви. У том ковитлању, мисли нису могле наћи мира, и без мало самилости уживао сам у оштрини својих речи:

„О каквим заповестима ти говориш? Ја са тим немам ништа! Давно сам ја свео рачун са Богом, а ноћас сам дошао да исто учиним и са вама. Шта ви имате са мојим избором? Шта ја са вама? Чија је она једанаеста заповест да отац увек треба да кори свога сина, због које ја скитам годинама? Ваша? Или се то 'ваш бог' још нечега сетио?"

Широм отворених уста отац ме је гледао, смућен од мојих речи. Мати је гласно јецала отирући сузе рукавом. Подсмевао сам се њиховој немоћи и неверици да ја хулим на Бога, а читаво моје биће тада је Лукави исмејао, јер чинио је са мном шта је хтео. Од тог клеветника долази увек, и само зло. Са таквим сам се ја удружио. Са опадачем. Хулником и човекомрзцем. Изрекао сам још неколико речи свог безумља. Као да сам имао необуздан налог мржње да то и учиним:

„Стидите се. Може ли вас тако слабе ко волети? Ја, не. Никад и нисам. И нећу! Ово је суд за вас — ја одлазим и више ме немојте чекати, слова од мене чути нећете!"

Залупио сам вратима и отишао у ноћ из дома који више није био мој, јер тако сам ја хтео. Иза мене је остало све оно што сам давно презрео. Окренуо сам се како бих заједљиво махнуо руком својој прошлости, лицемерно јој се наклонивши. А мати, јадница, стајала је као укочена сенка на прагу кршећи руке помодреле од мраза. Плакала је тихо над мојим усудом док јој се срце стезало као танка покорица на бари иза Милутиновог салаша у којој сам некада убацивао каменчиће. Све је то било тако давно и безбрижно. Сада неповратно. Мајка, преклињући ме да се вратим, губила је глас. Ништа од свега тога ме није поколебало. Крупним корацима загазио сам у дремљиву ноћ, загледан у мршаво небо.

Не покушавам да ублажим свој грех према родитељима, нити да оправдавам себе, јер то не би имало никаквог смисла. Сигуран сам да би ме и смрт сачекала без оправдања. Али, ја једноставно морам ово да нагласим — човек оскудног броја лета обично има многе разлоге за своју гордост. Једноставно, самим тим што је млад, он је већ горд, савршен и непогрешив у својој уобразиљи. Младић не трпи поуке. Прима само похвале од којих се надима као незасит мехур, а ако га ко прекори, разрачунаће се са њим, гневан због раскрварене му сујете. У тим годинама Лукавом је најлакше да га прелести, јер читав живот једног младог човека често је велика обмана успаване му савести. Читаво моје биће тада је спавало.

Ноћ у којој сам загребао до дна душе мојих родитеља, остала је далеко иза мене. На њу сам ставио покров заборава, јер ништа нарочито нисам налазио у њој. И што је најбезумније — нисам налазио никакав разлог за кајање. Био сам коровитог срца и душе мамурног човека. Сам себи бесконачно тежак. Притиснут оним јединим узрочником своје несреће, самим собом, нисам знао куда бих то могао побећи без пратње тог унутрашњег незадовољства и очаја. Да сам тада бар покушао да променим нешто у свом животу, сигурно не бих остао толике године под његовим рушевинама.

Вратио сам се у град још те ноћи. Јутро сам сачекао на широком тргу, нервозно ходајући укруг. Повремено сам загледао у сломљено огледало које је било расуто на комаде. Мисли су ми биле покидане и личиле су на те ситне парчиће стакла у којима сам, узалудно, покушавао да пронађем било какву разоноду. Чекали су ме дани још већег пада, испуњени многим сагрешењима. На срећу, то тада нисам знао, јер верујем да не бих издржао. Овако, долазили су један по један шибајући ме док нисам пао на колена спреман да тражим милост и опроштај од Бога.

Вукао сам се, опијен, по прљавим предграђима. Приличније псету него човеку. Немир у мени позивао ме је на чињење сваког греха. Бог је Једини избројао колико сам пута лежао у сумњивим улицама, заударајући на гњилу ноћ. Подигао сам тврђаву роптања и намерио да се у њој сакријем од Његовог праведног гнева, ког сам осећао за петама како ме сустиже. Наивно сам веровао да је то било и могуће. Будио сам се мамуран и неретко уз несношљиву главобољу. Тако унижен и обешчашћен требао сам сачувати разлупану главу и бар мало здравог разума у њој. Али, да ли је то тада било могуће? У тим данима ја се и нисам борио са собом, са увреженим страстима у себи. Свака мисао о мом васкрсењу у новог човека још увек је била сурово притешњена развратним животом ког сам одабрао као тобож неки смисао. А у чему се он састојао? У служењу сваком порочном прохтеву који је излазио из сметлишта мога бића. Из скрнављеног храма у који је зашао неподношљив смрад у сваки његов кутак.

Некако се све тако подесило да баш у те дане упознам старог обућара Николу. Дуго сам остао у његовом дому и сматрао га умешним човеком из једног јединог разлога, који ми сада изгледа тако олињало и смешно.

Говорио ми је како не постоји ништа што је човеку забрањено и што му штети ако жели да оствари свој наум. Сви ти закони само су трице које треба спаковати у један кофер и бацити га без трага. Сећам се како је увек понављао да је човек мерило свега. Своје среће и несреће. И да једино он сам може пришити закрпу на свој живот не марећи ако при том раздере туђу хаљину. Мисао о себичности, његова је водиља и радо сам је прихватио.

„Шта је мени стало до кога?"

Ликовао сам задовољно трљајући руке, уверен да сам нашао свог добротвора и учитеља. Код њега сам провео читаве три године и нисам му се ни у чему противио. Имао сам своју засебну собу, намештену са укусом и пространу. Чак светлу. Временом смо се толико зближили да између нас нису постојале никакве тајне. Знао сам како је преко многих лукавстава дошао до иметка, а онда део тога ставио на коцку како би покушао да га устосручи. Да бих му показао своје пријатељство и отвореност према њему, говорио сам му како сам давно презрео родитеље, и читав тај свет који се још увек држи некаквих од дедова наслеђених закона. Признао сам му да ми је то ванредно смешно, сва та борба добра и зла о којој многи проповедају. И та прича о моралу, углавном лажном.

Наши промашени животи чврсто су се везали, ослоњени један о други и о свако зло. А ако слепац води разумом помраченог, а то је био овај наш случај, обојица ће пасти у јаму. Ове пророчке речи су се на нама дословно испуниле. Обојица смо робовали истим страстима стављајући многе улоге на рулету. У тој игри, налазио сам сву ону неизвесност од које разум много пропати. Њеним исходом било је све подређено. Оно што је Никола називао срећом и несрећом. Добитак у коцки и пораз. Између те две опречности лењо су се кретале наше умртвљене душе.

На почетку ми је читав тај ритуал стављања улога на омађијан број (јер и тиме смо се служили) причињавао велико задовољство. Има нечега у том коцкарском духу што држи сваки нерв јако затегнутим и од чега читаво биће подрхтава као у лудилу. Окренут рулет за нас је био мост ка свему или ничему. Наравно, у почетку сам добијао, јер нисам имао много новца, а Лукави хоће да у потпуности овлада душом коцкара што му не би пошло за руком из само неколико улога.

Задржао сам очев сат који би ми могао послужити, а кога сам се требао што пре некако рачунски ослободити. Нисам баш желео да га дам у бесцење, јер су ми новци били потребни да бих продужио ову игру. То одуговлачење ми је сметало да што пре избришем сваку мучну успомену на оца.

Тресао сам се као у грозници, опчињен добитком, задовољно се смешећи. Уверен да је све у мојој власти и да немам никакав разлог да страхујем да ћу изгубити, јер коцка ми је несумњиво само „добре плодове доносила". У тим коцкарским ноћима био сам испуњен потпуном гордошћу. Надмен чак и према Николи, који је увек седео за суседним столом презнојавајући се због многог губитка.

Самоуверено сам се одлучио на онај прави, истински улог коцкара. Улог на сав новац. Спокојан, ставио сам га на нулу. Точак се окрену. Протегао сам се у благој доколици, дубоко уверен да треба само мало да сачекам, покупим „свој новац" и одем, по својој рђавој навици, у наручје некој од блудница чији ме је задах увесељавао након „добро обављеног посла". Али, није стало на нули и ја сам остао без ичега! Пред очима ми се мутило. Сео сам на столицу ослањајући тешку главу на дланове. У мени је кипело. Никола је устао и љутито кренуо према мени, измењеног лица од беса:

„Балавче! Сав улог на нулу? Губи се!"

У једној ноћи остао сам без новца и јединог „пријатеља". Већ наредног јутра, злурадо сам махнуо Николи, јер му више нисам био од користи будући да ни сам нисам имао новаца да бих му давао за његову игру. Пријатељство коцкара чиста је рачуница и траје само док се окреће точак, а и мој и његов је те ноћи стао.

Лутао сам по ко зна који пут, држећи се за усијано жезло лажи, обмањујући свакога како бих угледао ново јутро. Од нечега сам морао живети. У мени је мало остало од поштења, тако да на тај начин и нисам долазио до новца. Уосталом, лакше је бити лажни просјак. Моралније, свакако, није, али тада ја нисам много марио за то. Не, није ме мучила савест због тог начина на који сам прикупљао потребан новац. У тим данима ја као да нисам ни имао тај природни, унутрашњи закон по којим се разлучује добро од зла.

Живот ми је постао коначна поруга истини и свакој чедности. Мрска драма лошег јунака. Злог слуге. Са мном је Лукави чинио шта је хтео. Исмевао сам свако добро и праведност, јер нисам веровао да се од њих без муке може живети. Дуго сам остао тако запуштен у свом немару, без жеље да се исправим набоље. Без мисли достојне човека! Претраживао сам сваки кварт у граду, у ком би могао побећи од самог себе. Узалуд, нисам га пронашао. Корачао сам расејано опустелим улицама и пролазио кроз сав тај пакао бесаних ноћи у којим као да се читава тежина света сручила на мене самог. Стајао сам на самој ивици очаја. Окован страстима против којих се нисам знао, а ни желео, борити. Без пријатеља. Без наде. Без ичега.

У многим натмуреним лицима градског света, који не мари за туђу невољу, јер свако болује од своје са којом се тешко носи, препознао сам нашег пароха, иако га годинама нисам видео. За чудо, и он је мене препознао. Његов поглед одавао је неку тешку, злу слутњу, од које сам пребледео. Пришао ми је и дрхтавим уснама некако изустио:

„Несрећа. Велика несрећа. Она је, кажу, дуго боловала. Није роптала, о свему је ћутала. А он... Бог зна, биће да се упокојио ожалошћен њеном смрћу. Кажу да је на самрти прослављао Господа, хвалећи Га за све, а онда као у бунилу понављао да му доведу сина да га још једном види, да га благослови као Авраам Јакова, и да му опрости све пре него што душу преда Господу. Сине мој, твоја мајка и отац нађоше мир душама својим у истом дану. Данас је погреб.”

Од бола, ударао сам се по прсима раздирући кошуљу. Са лица су ми отицале сузе као капље истопљене воштанице. Јаук је изломио читаво моје биће. Савијао сам се у стомаку од грчевитих удара. У мени се све кидало од унутрашњих громова који су остављали пустош и празнину за собом. Пао сам, очајан. Осетио сам своју немоћ после толико времена. Уснама укоченим од јецаја, замолио сам пароха да неизоставно одмах кренемо тамо где сам изгубио све, јер никада и нисам дао ништа. Ниједну мрву пажње. Ништа.

Читавим путем сам ћутао и неодређено гледао у даљину. Осудио сам себе за губитак који се једино са доста крви и зноја могао ублажити. Први пут сам признао себи да је читава кривица лежала у мени самом, јер да сам имао бар мало љубави и осећајности, до свега овога не би ни дошло. Бар не овако изненада. Усиљено. После толико година грешног живота, помолио сам се Богу за покој душа својих родитеља, признајући пред Њим своју кривицу за разилажење са њима и њихову смрт.

У улици светосавској, исте оне тополе под којим сам се скривао у детињству и желео да са њихових врхова дотакнем небо, опустиле су своје мршаве руке. Сетне. Тужне. Чује се само суморна шкрипа док им ветар размрсује гране, без милости, за коју ни ја дуго нисам знао. Уличне светиљке се лењо њишу, готово неприметно. Све је тако пусто и хладно. Чак и људи које смо сретали. Прегажени својом муком, као они пре читавих двадесет година када сам им загледао у лица и желео да знам куда тако журе. О чему размишљају? Наизглед, око мене је све било као у оним данима док сам још увек био дете. Али, у мени ништа више није било исто као пре. Живот ме је исмејао и наругао ми се. Ако. У томе не налазим неправду. Део је моје лоше заслуге.

Кажу да је на гробљу нека достојанствена тишина. Говоре истину. Имају право. Пао сам на колена удубљујући их најпре у једну, затим у другу свежу хумку. Смрт не чека. А људи са погребом као да журе. Плаше се. Срах је велик. Мисле, да ће укопавањем покојника нестати и зле слутње које се некима тада надвију над главу.

Нисмо стигли на време. Отац и мајка годинама су ме чекали да им се вратим у покајању, и ево, враћам им се. Главе посуте пепелом. Враћам се, али њиховим хумкама. Овај пут ме нису сачекали, јер није био њихов избор већ Онога ко у Рукама држи море и звездано небо. Пободени Крстови уздигнуто стоје и говоре о страдању две намучене душе од неразумног сина кога више нису могли благословити. Замолио сам пароха да иде. Желео сам да останем сам и да рукама обгрлим гробна места оца и мајке. Да судим себи. Да оплакујем њихову смрт и свој живот. Очајан, чупао сам косу. Узалуд, олакшање од тога није долазило.

Три године су прошле од тада и ја сам наследио очеву земљу и мајчин благослов од њеног оца — икону преподобног оца Николаја, чудотворца. Ноћима сам стајао испред те иконе на молитви. Даноноћно, њу је обасјавало кандило, а ја сам, погнуте главе, помињао оца и мајку. Низао сузе на бројаницу покајања.

У мени је васкрсавао онај стари човек, обучен у ново рухо. Мржња је уступила место љубави, невољно и опирући се, али уз многе молитве ипак се повукла. Међу људе сам ретко одлазио. Само онда када сам морао, не задржавајући се. Пролазећи вољеном ми улицом чуо бих познанике својих родитеља како међу собом говоре:

„Ево га онај непострижени калуђер који не може ни са ким.”

Нису разумели да ја једино са собом дуго нисам могао. Одлазили су не скривајући подсмех. Ако. И то је део мога дуга, не њиховог. Учио сам се смирењу што и није било нарочито тешко, јер коначно сам признао пред Богом и људима да сам последњи међу недостојнима. Кривац за прерану смрт својих родитеља. И данас молим Господа да ме разреши од дугова и преступа, јер заиста сам их у младости доста учинио. А да не бих још остао дужан и самом читаоцу ево, укратко, шта чини ону „моју идеју”.

И данас јемчим да јој је зачеће у оној вечери кад се нисам могао помирити са тим да морам умрети. Траг јој се годинама губио, и ево, кроз покајање, коначно је засијала та светла мисао од које не одступам.

„Нема смрти. Васкрсење је разумном човеку радосна истина. Зар не иду звезде вековима увек истим путем? Пролази ли било шта што је Мудрошћу створено? О, зар ће слика и раб Божји проћи?

Вечност је круна наших живота. Љубав бисер многоцени. Свако од нас треба да се заветује на послушање истини и добру. Поставити себе за строгог судију тог унутрашњег човека који је склон сваком чињењу греха, мало је правило, али оно би изнедрило велике људе и узвишене идеје којим би се заштитили од зла и патњи.

Не познајем никога ко бар једном није био милостив. Зашто милосрђем не би заменили погубну похлепу? Ту је радост свих, и оних који дају и оних који примају.

Спреман сам да посведочим да у души свакога од нас има таме у коју се затвара свако ко малодушно одмахне руком одбијајући да укрсти мачеве са њом. У њој су сви разврати. Сви бесови. Семе сваког зла. Корен несреће. Ту таму треба протерати из себе. Борба није лака, али су венци непропадљиви. Чему страхови и сумња у нашу коначну победу кад ћемо имати благослов све док корачамо тим путем, јер поуздан је Онај Који нам у томе помаже! Њему нека је сва слава. Амин.”

РАДОСТ ПРАШТАЊА

Тог новембарског предвечерја нервозно сам пресецао улице ужурбаним корацима. Под ногама ми је шкрипало суво лишће налик злаћаном перју. Са забаченим рукама на леђа, личио сам на иследника који се распитује о нечем врло важном. Због чега сам истезао врат час у једну, час у другу страну, ни сада не разумем. Никога нисам очекивао. Биће да сам то чинио тек онако, без неког нарочитог разлога. И шта ја то говорим! Мора ли човек за тако безначајну ствар некоме да се правда! Али, невоља је у томе што, уопште узев, мало тога је те вечери имало смисла. Био сам превише расејан, чак преко сваке мере. И не знам само откуда се појавило то ружно, олињало псето поред мојих ногу. Оно ме је додатно раздражило. Ипак, нисам имао милости да му једностано запретим и да га се отарасим. Верујем да би свако био у великој неприлици ако би морао да се одлучи ко је био неизгледнији, оно или ја.

Мој капут, одвећ изношен, вукао се за мном као да ми и не припада. Био је голем за моју испошћену појаву, али некако сам се навикао на њега. Важно ми је било да је у њему пријатно и топло, а то што је мртвих боја и, несумњиво, врло ружан, оставићу некоме коме је то од важности па нека се тиме и занима. На глави сам имао подерану капу, истина не много. Добро је пристајала уз тај мој омиљени, готово музејски капут. А сада замислите да сам уместо ње имао некакав отмен шешир који приличи човеку из угледног друштва и непогрешиво леже на главу ма како га ставили. Верујем да би многе збунила и сама таква моја појава. Овако, барем сам био доследан. Истина, у малој ствари. У свом одевању.

Знао сам ком соју људи припадам и није ме због тога мучио стид. Могу чак рећи за себе и да ми уопште и не прија то друштво високог сталежа. Па погледајте само како се они носе, поносито и гордо, усправног, чак превише уздигнутог погледа. А ако их питате шта их то издваја од обичног човека, наишли би на неку њихову тобож нарочиту памет и углађеност. Држим да су то све трице, јер човек се вреднује душом, а не положајем и привилегијама. Верујем да је у том друштву сувише досадно и да тамо нема искреног смеха. Онако, из срца. Доста о томе. Нека свако говори о себи. Уосталом, мени то чини веће задовољство.

Већ прилично уморан од лутања (мислим да је то најприближнији израз када идете без циља), решио сам да свратим у Николину крчму. Помислио сам да би ме могла окрепити једна чаша куваног вина. Уз то, готово увек сретнем и некога од познаника. Ушао сам унутра не обазирући се на оно ружно, жуто псето које је остало напољу цвилећи. Неко ће помислити да у мени нема милости, али уверавам вас да ми је душа тада била пуна свакаквих брига и тешкоћа и да нисам могао да мислим још и о њему.

Крчма је била прилично неукусно намештена, али ко мари за то? У самом крају стајао је невелик отвор, нешто налик прозору. И он беше затворен тако да је читав простор заударао на смешу дуванског дима и влаге. На зидовима окачене слике без икаквог реда и јефтиног укуса. Ни то није имало неку важност јер, од густог, готово неиздрживог дима, могло се само наслутити шта је приказано на њима. И шта сам ја тражио то вече у том омаленом простору у ком као да су се и сами зидови тискали један уз други? Међу свим тим људима са досадним изразом лица и равним осмесима без одушевљења!

У самом углу седео је стари, свима добро знани коцкар, Сергеј. Пре само неколико ноћи изгубио је читав свој иметак и сада за истим тим столом куња провлачећи прсте кроз жуту браду. А онда као да се покрене из неке опсене и почне да дува на све стране, незадовољан. Са великим предумишљајем се одлучује да упали цигарету, јер може бити да их нема више. Повлачи дим за димом. Онако, страсно. Испија Бог зна коју већ чашу вина, од кога се разум претвара у маглу, и мрмља нешто, тек за себе. Покушавао је да заборави свој недавни губитак, можда и читав свој живот. Али већ сутра ће се пробудити мамурне главе и мисли од којих се не може утећи. Опет ће морати да се сукоби са истином да је остао сам, без игде икога и ичега. Збиља, жалосно беше гледати у тог човека.

Не знам шта ме је повукло да седнем за тај исти сто за којим је тај јадник пребројавао своје губитке! И откуд у мени одједном толико сажаљење према њему када једва да сам га и познавао! Сада мислим, сећајући се свега, јасно и у детаљима, да нас је несрећа те вечери привукла једног другом. Јер, и мени баш тог дана беше стигла једна посве неочекивана и ружна вест због које сам, ето, најпре ишао улицом без циља, а онда дошао у крчму. Наиме, ја остадох без посла. Газда је решио да ме отпусти из службе. Не сматрам да је потребно у овој мојој повести наводити разлоге због којих је он то учинио. Рачун код таквих је врло једноставан и без осећања. Иза знака једнакости, у том њиховом рачуну, увек стоји користољубље, па ће, верујем, многи и наслутити „разлоге” мог удаљавања из службе.

Пришао сам Сергејевом столу, скинуо капу и тек мало му се наклонио (замислите само ову смешну сцену некаквог тобож поштовања у свету задимљене крчме). Затражих да седнем што ми он, без размишљања и допусти, потврдно климнувши главом. Негде у дубини свог бића осећао сам да припадам овом шареном, крчмарском друштву. Чак сам осећао и некакву, истина скромну, радост. Освојила ме је простодушност код свих тих људи у магли готово непрозирног дима и неповезаног жагора. Свако од њих носио је неку посебну несрећу и страст која је имала моћ да пороби. Тај крчмарски свет не зна за учтивост, која може бити понекад и лицемерна. Овако, свако се занимао својом муком не обраћајући многу пажњу на друге. И свако је износио своје слабости без устезања и дволичја. Препознатљиво за искрене, простодушне људе, који имају снаге да признају своје мане. Огољени пред сваким другим, као на исповести.

Седох на столицу преко пута Сергеја и он, помало журно, отпоче износити своју муку. Као да се плашио да истог тог часа не устанем и седнем за неки други сто, а он тако остане без могућности да некоме као на тањиру изнесе свој бол.

„Пријатељу незнани! За истим овим столом пре неку ноћ коцка ми је понела све. Имање. Новац. И ону малу заоставштину угледа. Све. Чак и дом, јер у њему нико није остао. Жена, сазнавши за овај мој удес, неповратно ме је напустила. Са њеним одласком ја решим да закопам и свако сећање на њу, онако, преко ноћи. Изнесем све оно што ме је подсећало на њу и спалим мислећи да ћу је тако протерати из срца. А оно раскрварено, да пукне. Рашта ми овакав живот? Да жалим имам за чим, али шта имам од тога? Само још већу невољу. И ја знам, још три живота да имам не би ми било довољно да искупим свој грех. Да окајем своју лакомисленост и страст за коцком због које ми је страдала породица."

Заиста, овај старац беше врло очајан. Причајући ми тешко разумљивим говором (последица многог попијеног вина) о том свом губитку, бледео је од неког ужаса. Поглед му мутан, неодређен. Очи дубоко уроњене у дупљу као да се и саме нечега стиде. Знао је овај проседи старчић да му ни ја, нити било ко други, не може помоћи у тој његовој невољи, али, ето, олакшао је себи и све испричао.

Има човек ту неотуђиву потребу са којом се, чини ми се и роди, да све потанко изнесе пред некога кога мало или чак никако не познаје. Верујем да је то због наше сујете и гордости, а можда и из страха, јер сасвим је могуће да би онај кога добро познајемо злоупотребио ту нашу отвореност према њему. Ако ништа, превише би било и то да нам се фарисејски подсмева због нашег пада. А то нам не може бити од користи, напротив. Због тога се, држим, свако од нас смело оголи пред незнанцем, онако, до кости. До дна своје нутрине.

Сергеј је шкрипао зубима од гнева, од те праведне љутње на самога себе. А онда се умирио и оборио главу на сто. У потпуности предан свом очају, опијен вином. Заболела ме је судбина овога човека. И та коцкарска страст, до врага с њом. Као жила обавијена око оног ко јој се ода, а онда га, безусловно, стегне и тако гуши. Упропасти читавог човека. Разбије му личност тако да је једино са великом муком може саставити.

За другим столом, одмах уз наш, стари млинар Вања разговарао је врло живо са неким, рекло би се о нечем врло важном. Посао у млину готово да му је бесповратно пропао. Биће да је управо због тога непрестано одмахивао главом и као да је посустао, решио да се измири са својом судбом. Невољно, али готово извесно. Чинило ми се да сви припадамо истом свету несрећника и да нико од нас није имао снаге да превазиђе ту ненаклоност своје судбе. Коначно, многима оптерећена савест преко сваке мере, није дозвољавала да се крене напред, изнова и другачије. Уопште узев, то нимало није једноставно. Изломљен човек тешко се усправља, јер страхује и подозрева да ће га, чак и ако се из корена промени, та страст којом је везан поново освојити. Тешко је пијанцу да се закуне себи како ће својој рђавој навици стати на реп. Коцкару да никада више неће сести за коцкарски сто.

У таквом гнезду карактера ја сам био те вечери, а несумњиво сам и câм био такав. Обесхрабрен. Предан својим поривима на жртву. Моја слабост била је у томе што сам готово према свима био сумњичав преко сваке мере. Ретки су били они којима сам веровао. Ту мрљу у нарави дуго нисам могао исправити и она ме је те вечери скупо стајала. Молим само да се узму у обзир моје тада још увек младе године. Тада као да се сва човекова крв слије у главу и он услед тога није у стању исправно да расуђује. Признајем, у великој мери био сам и плаховит.

То вече као да је било у свим појединостима удешено за мене и као да се није могло избећи. Ни сада не схватам да сам у толикој мери могао бити лакомислен без обзира на тричавост својих година. Не, то никако не може бити олакшавајућа околност за оно што сам учинио тада.

Седео сам са Сергејом чини ми се добра три сата, непрестано дижући чашу у вис и наздрављајући му. О, колико сатире у свему томе, јер чему смо то нас двојица могли један другоме наздравити? Нашој властитој несрећи?

Дубоко смо загазили у ноћ. Испред нас су стајали празни бокали. Напомињем да сам у вину, до ове вечери, био умерен. Сергеј је наједном постао јако живахан и као да је у мени те вечери препознао човека коме се безусловно може поверити па је као на траци смењивао приче из свог живота. Сазнао сам да је рано остао сироче, а касно се оженио. Није дуго издржао у својој служби, лењ за сваки прекор, те тако и одлучи да искуша колико му је срећа у коцки наклоњена. Та ствар се свршила врло лоше по њега. Увек је тако када ђаво успе да обмане човека и сасвим га узме под своје. Сергеј је остао сâм, а поврх свега, коцкарска страст га није напуштала. Али, било је нечега тако доброг и племенитог у очима тог човека што се не може скрити и што одмах приметимо у других. Његова простодушност донекле се граничила са наивношћу. То ме је одмах освојило. Био сам спреман да му још те вечери постанем врло добар пријатељ. Нисам га осуђивао због његове лакомислености (од које сам и сâм пропатио те вечери) и коцкарског порива. То је било довољно да пред мене изнесе читав свој живот у свим појединостима. Свој промашај. Сергеј је, и поред својих страсти, и данас јемчим, човек изванредан. Благородан. Зашто га онда осуђивати кад је у самој дубини душе тежио ка добру и тражио начине да се ослободи својих рђавих склоности! Очи су му гореле неком дечјом добродушношћу, и такве људе једноставно је и лако заволети. Био сам задовољан, јер сам коначно седео за истим столом са неким, а да ме није мучила та моја безразложна подозривост од које никако нисам успео да се ослободим.

Крчма се готово испразни. Остали су једино још неки несвршени студент кога сам, такође, мало познавао, и његови пријатељи, пропали трговци, у неком веселом, гласном разговору. Да ли због многог испијеног вина или чега другог, тек мени се тај студент, Стефан му је име, што сам касније и дознао, никако није допао. Висок, уредно очешљане косе и истањених бркова, истезао је свој вретенасти врат и испод ока посматрао час Сергеја, час мене. У том погледу налазио сам толико тога дрског и подмуклог што човека олако може раздражити. Нисам могао да се ослободим мисли да ми је он читаве те вечери био на трагу. Почех да сумњам чак и у његову умешаност у мој случај прекида службе. Јер, у писму кога добих баш тога дана, стајало је да на моје место долази некакав несвршени студент. Чиновник, у жељи свога срца. Лице му бледо и болесно мршаво, али изванредно лепих црта. Очи му некако дивље и изазивачке. Није скидао поглед са нас и то ме јако озлоједи. Смејао се некако цинично и превише гласно као да је са неком посебном намером хтео да скрене нашу пажњу на себе. Био сам готово убеђен да је он крив због мог престанка службе. Та сумњичавост ме свога обузе.

„Сигурно ме прати читаве вечери како би ме исмејао. Није могао да одоли том заједљивом лукавству па је пожелео и да ме понизи до самога дна. Мало му је што ми је хлеб узео.”

Такве су ми биле мисли. А ја као ван себе. Сумња, тај мрак у мом карактеру, довела је до тога да сам „пронашао виновника” своје несреће са којим се ваљало одмах разрачунати! Разум ми је био слеп и нисам могао исправно расуђивати. Биће да сам тада личио на човека који је скренуо памећу. Срџба ме пороби, гнев и неправедна љутња на тог човека. Напетих нерава устадох и залетех се ка њему. Био сам спреман да се коначно разрачунам са њим (последица вина, моје подозривости и уобразиље). У својој глави имао сам читав заплет мог принудног иступања из службе. У супротно ме, о какве ли лудости, нико није могао убедити. Тај несрећник је то и покушао, јамачно, тога се добро сећам. Али, како би ме могао разуверити „кривац” моје судбе и доказати своју невиност!

Настао је лом. Галама и сва та прљавштина псовки. Ударци и свођење „рачуна” са човеком кога сам растројених нерава сумњичио за свој пораз, за губитак службе.

Мислим да је свакоме од нас на самом дну наших личних падова учињен један велики уступак! Заправо, ја се ничега више од те вечери не сећам. Ничега што је изашло из мрака моје унутрашњости. И бежим и данас од сваке могућности да некада не сазнам све појединости овог мог случаја са студентом, јер може бити да бих, уколико би се то десило, остао обесхрабрен. Без изгледа да устанем из тог блата. Јер, једно је сигурно — те вечери посрамио сам све оно човечно и племенито у себи.

Пробудио сам се тек иза поднева наредног дана. У Сергејевом дому. Мамуран од претходне ноћи, празан и невољан. Сергеј је само незаинтересовано одмахивао руком укоревајући ме неким претећим погледом. Покушао сам да га убедим да ми каже бар понешто што се дешавало у крчми, али узалуд сам наваљивао. Све што сам успео да извучем од њега било је то да сам безразложно напао на тог несретника и да сада ова ствар може рђаво да се сврши, јер готово сасвим извесно, тај човек ће тражити своје право на суду.

Сергеј ме је задржавао да останем код њега, али ја сам то одлучно одбио. Осећај кривице не може да мирује. Гони човека да крене. Било где. Али, тако није могуће побећи и од себе.

Поздравих се са Сергејом, јер од две несрећне судбе тешко да нешто ваљано може испасти. Старчић обори главу, одмахну руком и као за себе, тихо проговори:

„Тера нас нека зла срећа, синко. До врага с њом. Убеђен сам да си широке душе, али није то увек довољно. Нарав понекад изда човека и стави га у невољу. И сва човекова добра дела која је учинио до тада стави у други план. А и шта ја то причам! Мене је коцка упропастила и ја сада нашао теби да мудрујем. Чувај се, синко.”

Усправи поглед и још једном ми чврсто стеже руку. Захвалих му се и кренух низ улицу.

Мисли су ми у глави правиле потпуни неред. Био сам сâм и то ми је изгледало јако мучно. Корачао сам журно. И овај пут без циља. Присећао сам се претходне вечери и од тога чега сам успео да се присетим, било ми је зло. Прекоревао сам себе због те своје сумњичаве нарави, али са тим сада ништа нисам могао променити. Имао сам потребу да замолим тог човека за опроштај, али где бих га ја могао пронаћи? И зар није можда разумније да то учиним касније јер, ако бих то урадио одмах тиме бих у некој мери умирио своју савест, а то не заслужујем! Требала ме је добро измучити због мог преступа. Уосталом, тако се човек једино и може ваљано очистити од греха.

Тражио сам свеж ваздух и удисао дубоко. Требало је истрезнити те мамурне мисли од претходне вечери. Прекорен од тог неког унутрашњег судије који ми је без престанка „држао слово”, ишао сам ка дому решен да се у њему затворим и да никога не примам. Размишљао сам о томе како сада онај несвршени студент има потпуну власт нада мном и како ће, неизоставно, изаћи са мном на суд. Та мисао ме поражавала. Неправедно сам остао без службе и ту нисам могао учинити готово ништа. Зашто бих и покретао тај мучан процес доказивања своје невиности за тај случај ако га је тешко добити у своју корист! Јер, ту ја идем сам против вековне неправичности која је увек била бројна у људима који је одобравају. Јавно или ћутке, тек сагласни су с њом из личних, нижих циљева и користи. А у овом другом мом случају, незгоди у крчми, човек стаје наспрам човека и ту свако може тражити своје право. Људи се сукобљавају из различитих побуда, а онај ко је кривац тог њиховог спора остаје морални губитник кога још могу и додатно оклеветати. Натоварити му на савест чак и оно што није учинио. Признајем, од свега тога сам зазирао, јер ја сам живео у варошици у којој још сутра могу кренути приче о морално посрнулом чиновнику који је остао без службе па потом, на правди Бога, напао недужног човека. Али, не само то. Људска покварена машта може отићи далеко. Истина о мом сукобу са студентом Стефаном ми не може наудити (то и јесте преимућство истине, да увек користи човеку), али клевете које ће кренути за њом као бледа копија и којом се провинцијски људи сладе, свакако може! Ова помисао готово ме је бацала у очај.

Размишљајући о свом неугодном положају, пролазио сам драгим ми улицама. Познавао сам готово сваки кварт своје варошице у којој сам оставио добар део живота, а за то своје човек се тако силно веже, јер у њему су све наше радости и надања. Али, ја сам тада био принуђен да одем у нешто туђе, у нешто што ми не припада, а ни ја њему. Био сам решен да седнем већ на први воз и да одем на неко време. Било куда! Да пребегнем од људи које познајем и волим, јер од срамоте више нисам могао остати међу њима. Осећао сам да у мени нема довољно снаге како бих поднео сва унижења од варошког света који је можда већ и дознао за грех који сам учинио претходне ноћи.

Удисао сам лепљиви ваздух и са муком га враћао назад. У мени је све врило. Осуђивао сам себе немилосрдно. Мисао о неправди и злу које сам нанео Стефану, том несвршеном студенту, пекла ме је и изгарала унутрашњост. Сагледавање сопствене кривице носи са собом самопрекор до крварења душе, али и мелем којим га је могуће зауставити — дубоко покајање. Коначно, ова мисао ме охрабри.

Пролазећи поред омиљеног трга на коме сам у дечаштву јурио голубове, спазих мршавог старца на омаленој клупи. Склопљених очију говорио је нешто, онако, за себе, као у бунилу. Оборио главу па дува на све стране, незадовољан животом. Ревери капута му поцепани, коса масна и неуредна, а он, одвећ пијан, заударао је на јефтину ракију од које трне сваки нерв. Из џепа му је вирило Јеванђеље као велика нада да ће овај човек променити свој живот. Прену се, отвори очи и са неком тугом и потпуном предајом страсти, поново отпи из боце.

„Боже, колико ли је несрећних судби у свету од којих се крв леди? Има ли игде икога да га ниједна страст није поробила, да се нечим не мучи? Зар смо готово сви тако слаби да одолимо ударцу свог живота? Боже наш, не остави нас.”

Ове речи су ми долазиле тек тако, саме од себе. Тужно сам гледао у тог човека, жалостан због његовог јада. Пришао сам му и пријатељски му повикао:

„Христос нас воли, чак и овакве, брате мој. Веруј ми, није немогуће променити свој живот из корена. То чека и мене. И ја морам да прекинем сваку везаност са прошлошћу и својим мучитељкама, страстима.”

Поред нас је пролазио шарени свет људи, радознало загледајући у два невољника. Неки су нас чак и псовали, спремни да увек осуде! Али зашто? Чему то? Зар баш нико да приђе овом несретнику са трга и да га из дужне милошти охрабри, усправи! Где нестаде сажаљење у човека? Зар га нико неће поменути вечерас у молитви како би се Христу вратио и душу спасао!

У мени се незадрживо пробудила велика љубав и разумевање за слабости свакога човека. Христос нас воли такви какви јесмо, та мисао газдовала је у мом уму. Држим да је велика ствар имати јак карактер, одолевати искушењима и не падати често, али имам и ово убеђење: у далеко већој незгоди је онај који има мало срце неголи мали карактер!

Тог човека на тргу никада до тада нисам срео, али готов сам био да потврдим да управо тај невољник беше великог срца. Иако видно припит, он је у очима, тим старачким жеравицама, носио велику љубав и вољу за другачијим, бољим животом. Дубоко у себи скривао је само Бог зна шта, какву невољу? Зашто га онда осуђивати иако има недовољно јак карактер да одоли искушењу, али и душу као простано поље! Истина, у њу је ушао црв порока из боце, али осудити га значило би пожелети му блиску смрт. Њему је нужна помоћ, рука спаса и утехе, благородна и лепа реч, разумевање. Свако то може! Без изузетка! Где је љубав и милосрђе у људи ту је и могућност појединачног исправљања живота, покајања. Кроз благу реч, никако другачије. А онај ко у себи не носи ове две врлине, љубав пре свега, олако ће судити и пресудити другима чинећи двоструки злочин. Себи и ономе кога осуђује.

Погледах још једном у невољника на тргу, махнух му и дугим корацима продужих ка свом дому. Први сумрак се лагано спуштао на варошицу. Био ми је потребан мир и самоћа како бих о свом животу озбиљно размислио. Шта и куда даље? Сваки лом душе морамо надживети и у томе смо готово увек сами. Заварава се ко мисли да је другачије. Истина је, ближњи нам помажу, али бреме је ипак на нашим леђима. Ми га носимо. Свако своје. А ево шта је било то моје бреме, та грмљавина изнутра: напао сам невиног човека, чак га и осудио као каквог сплеткароша, користољупца, и због тога је моја савест почела врло да негодује. Да се противи мом рђавом поступку. А њу умирити, трновита је работа.

Ишао сам журно улицом, загледајући се у лица људи. Нисам могао проћи тек тако. Саосећао сам са свим тим намученим душама (вероватно плод мог дубоког покајања због преступа прошле ноћи), уверен да су то велике добричине са још већом невољом. Срце ми је крварило када сам препознао малог, неуредног просјака који данима држи испружену руку ка нечијој милости. Прљавих ципела, одвећ напуклих, и лагано обучен за хладне, новембарске дане, као да се грејао том топлином што зрачи из његових очију. Бркови тек што су се могли назрети на његовом, још увек детињем лицу, а он већ живи од милости других! И како проћи мимо њега ма коликом муком да смо притиснути! Зар нас благородна дужност милосрђа не обавезује да извадимо папирну новчаницу и да обрадујемо искрено и велико срце тог малог човека!

„Христос нас воли", нагласио сам му сваку реч, убеђен да ћу га и на тај начин бар мало охрабрити. Ја сам то осећао читавим својим бићем, јер Христос и јесте љубав. Највећа за коју човек зна!

Ставио сам му милостињу у хладну шаку и чврсто је стегао. У сваком човеку препознавао сам свог рођеног брата и желео сам да бар мало олакшам муку свакоме, онолико колико је до мене.

„Христос нас воли", са том мишљу готово да сам и покуцао на своја врата, али баш тада поред мене прође малишан који је полугласно и непрестано понављао:

„Ништа ми се неће догодити."

О, колико сам жалио над тим невиним детињим срцем, већ застрашеним животом. Вратио сам се за њим и најпре њега одвео кући. Мрак се већ нечујно спустио и зар сам га могао оставити самог да га страх и зебња муче? У повратку, други малишан је озбиљног погледа питао своју мајку, вукући је нестрпљиво за рукав како би добио одговор на чисто, детиње питање:

„Шта је то светац?"

Успео је бар мало да ми обрадује срце. Коначно, стигох у свој дом.

Осећања су ми била помешана. Борио сам се између великог бола због учињене неправде Стефану и радосне мисли: Христос нас све воли и чека наше покајање да би нас извео на пут живљења по Богу! Читаву ту ноћ ходао сам по својој омаленој соби и покушавао да нађем смерницу свом животу. Куда да пођем? Тада сам био немоћан да променим било шта, али већ до јутра ја сам једноставно морао имати читав план како даље, „у рукама". Касније, требало је то и одживети, што и није тако тешко ако се има тај јасан циљ.

Присећао сам се свих ликова које сам срео тога дана на улици, од Сергејевог до мог дома. Срце ми је било у жалости, јер све то, углавном, беху несрећне судбе. Тако мало ми је требало да их одмах све заволим! Али, нико од њих мени није могао помоћи нити било које благородно осећање према њима! Заиста, човек мора сâм да изнесе највеће приповетке свога живота!

Тешко сам дисао гушећи се дубоко у себи где је све кипело од самопрекора без милости. Гневан на себе, нисам се могао ослободити мисли да сам нанео зло невином човеку. Уопште, да сам некоме учинио неправду. Отворио сам ниско постављене прозоре како би ме свежина ваздуха бар мало окрепила. Узалудан ми беше покушај да откинем барем парче звездама ужареног неба и да њиме мало увеселим душу. Све је стајало на истом, без корака напред у мојој унутрашњости. Непомично. А када се човек ломи, он неизоставно прега за било каквом променом, јер га таква равнотежа може довести до лудила! Ту ноћ требало је некако победити и јутром загазити у један нови живот. Али, свитање као да је бежало, као да је било готово немогуће сачекати га. Размишљао сам о томе како ће ми Стефан бити и суд и судија и како сада има потпуну и праведну власт нада мном. Ипак, до мог следећег сусрета с њим (ја сам био уверен да ће то бити у судници) испречиће се доста времена јер, ја сам намерио да одем из варошице. Само једно нисам смео себи дозволити, а то је да ме после овог мог учињеног греха обузме очајање.

Имао сам уза себе мисао да и мене Христос воли, да ће ми опростити јер нас све чека и прима раширених руку када му се окајани враћамо. Сваки пут! И много пута!

Остао сам до јутра у дубокој жалости због свог учињеног поступка, размишљајући куда са собом и својим животом. Сам, без службе и сваке сигурности. Требала ми је промена, нешто другачије и сасвим ново како бих бар покушао да заборавим на оно пређашње. Тако и реших да још тог јутра седнем у први воз и кренем ка местима где никада до тада нисам био. Стидљиво сам гајио наду да бих могао постати путописац и тако се издржавати.

То ми је и пошло за руком. Путовао сам много и размишљао о различитостима између људи, о њиховим навикама и сукобима. Требало је у потпуности ући у њихове ликове, предано и у свему учествовати у њиховим животима, а онда понешто о њима и записати. О њима и о прелепим местима на којим су се настанили. Признајем, уживао сам у томе и накратко сам заборавио на своју муку. Пловио сам морима ослушкујући како у њиховој дубини све превире од радости живота. Ноћима бих седео на прамцу брода и посматрао српаст месец како бди над морем, удобно смештен на леђима неба. Понекад бих тако и заспао. Пробудило би ме сунце, несташно ме милујући својим топлим рукама. И тако данима. Брод би пристао у луку, а ја вадио своје белешке из џепа и писао о дивним људима и прелепим пејзажима. Волео сам сваки приморски градић на посебан начин. Али, праву љубав бих осетио тек кад бих угледао задовољне и безбрижне дечје осмехе. Истина, има чари у свим тим поплочаним улицама, али права лепота и радост је у људима који пролазе њима! У дечјим лицима и њиховој игри голим стопалима на загрејаном песку. О свему томе сам писао и од тога добијао пристојну суму новца. Ипак, ова моја радост била је кратковида. Мучила ме је савест и ја сам решио да се вратим и затражим опроштај од човека коме сам нанео зло. Притиснуо ме осећај главног негативца неког необично тешког романа.

Када сам дошао у своју варошицу, нисам чак ни размишљао како ће се свршити тај мој случај са Стефаном. Имао сам искрену жељу да га заволим читавим својим бићем и да се племенитим осећањима срца бар мало искупим за зло које сам му нанео. Чини ми се да сам чак био решен и да паднем на колена пред њим како би се измирили. И како бих се измирио са својом савешћу, коначно.

Од мог одласка мало шта се променило. Николина крчма и тада беше отворена. Пролазећи поред ње стресао сам се као у грозници. По ко зна који пут пребирао сам у сећању делове оног немилог догађаја. Молио сам Бога само да не сретнем Стефана, јер тог првог дана када сам се вратио ја нисам био спреман за тај наш сусрет. Осећања су врила, до суза. Велика је ствар поново бити тамо где су остале најлепше жеље и снови и тада човек не може себи да забрани ту претерану осетљивост. Имао сам несагориву жељу да сâм, у тишини, тог дана прошетам уз реку и да никога ништа не упитам. Нити мене било ко. Радост што сам се вратио била је потпуна. Веровао сам и да ћу остати. Да ћу наћи опроштај у Стефана, те тако измирен још једном почети испочетка. Овај пут у свом, не у туђини. И док сам ја тако ковао жеље срца, испред мене, у једном тренутку, појавио се он. Стефан, човек коме сам много дуговао.

Нисам га очекивао и због тога ја се необично сметох. Гледао ме је својим продорним, црним очима и благо се осмехивао. То ме још више збуни, јер ја сам му нанео зло, а код њега сада проналазим толику добродушност! Заиста, имао је свако право да се држи поносито и гордо, чак непристојно, али ничега од тога није било. Он беше нарочито радостан и живахних очију. После само неколико тренутака он ме чак и први поздрави и тако бар мало развеја ту моју збуњеност.

„Вратио си се? А ја сам се баш распитивао за тебе, посебно ових дана. Знаш, доста сам размишљао о теби. Од Сергеја сам сазнао да путујеш много, да пишеш о људима које срећеш и да од тога живиш. Показао ми је готово све чланке које си потписао. Видиш, упознао сам те изблиза баш из њих. Свакако, мало ми је о теби говорио и Сергеј. Њему си редовно писао. И, шта велиш? Опет се срећемо!"

Ћутао сам. Почех грчевито да се враћам на оно немило вече, али Стефан ме у томе прекиде својим благим осмехом. Гризао сам усну и као у грозници тражио од њега да ми опрости.

„Забога човече! Уразуми се. Шта то чиниш? Чему то? Још давно ја сам теби све опростио. Човек греши. Али и прашта! Ја сам захвалан Богу што те поново видим, јер био сам сигуран да ће те савест мучити све до овог нашег сусрета. Али, ја то не желим! Не само теби, никоме! Јер, у свакоме човеку има бар зрно доброте и благородности које лако може исклијати. Веруј ми брате, нема веће радости од праштања увреда. Ни за увређеног нити за онога који је увредио. Где би стигли и ти и ја да сам тражио своје право на суду? Тамо би ми били непријатељи! Овако, ја у теби, као и у свима, гледам брата. Учини ми задовољство и дођи вечерас код Сергеја. Не знам да ли ти је то писао, али он је сада потпуно други човек, хвала милостивом Богу. Чак му је и жена опростила видећи ту велику промену у његовом животу. А, шта кажеш? Без праштања и љубави са свима, колико је до нас, нећемо далеко стићи. Нико од нас. Сергеј ми је постао врло добар пријатељ, али сам га замолио да ти о томе не пише. Желео сам да те та радост сачека када дођеш. Богу хвала, и ти си се вратио. Не брини брате, све сам ти опростио! А сада праштај ти мени, ја морам поћи. Онда, вечерас у девет код Сергеја! Ја му ништа нећу говорити. Данас је празник за све нас!"

Пружио ми је руку и држао је у мојој све док му нисам потврдио да ћу неизоставно то вече доћи код Сергеја, а онда ужурбано наставио својим путем. Радовао сам се што још увек има овако великодушних људи. А то што су се Сергеј и он зближили, била је радост на радост. Заиста, тај дан за мене (а и за њих) беше један од оних ретко великих у животу, јер тада читава душа празнује од силине умиљења и ништа је друго не може дотаћи.

Сергеј је плакао од среће када сам се појавио испред његових врата. Загрлисмо се као рођена браћа. Није знао да сам се вратио. Није крио ни одушевљење због тога. Од најчистијих осећања и сам заплаках.

Унутра, Стефан и Сергејева жена, весело су о нечем разговарали. Упознах се и са њом. Беше то дивна, али и намучена душа.

Читаве те вечери наздрављали смо за велику радост коју смо сви осећали. Били смо задовољни и решени да учврстимо пријатељство, рођено при чудним околностима. Успео сам да накратко останем сâм са Стефаном, мојим добротвором, и да га упитам због чега ми је све тако олако опростио? И не само то. Он ме је свим срцем прихватио и заволео. Зар је то само због Сергејеве приче о мом дубоком покајању, о чему сам му много и увек писао, а он је са тим, сасвим извесно, упознао и Стефана?

Стефан се на то само благо осмехну и тихо поче говорити:

„А шта оно рече Христос, брате мој: ако ти брат твој и седам пута на дан сагреши и обрати ти се у покајању, опрости му! И не седам већ седам пута по седамдесет седам треба брату опростити. И мир са свима да имамо колико је до нас. И то пише тамо, у Новом завету. Мир и љубав. Треба ли још разлога, теби или мени?"

Заиста, овај је човек живео јеванђељски!

ХИЛАНДАРСКИ ЗАПИСИ

Марија. Кћи Јоакима и Ане. Од Бога измољено чедо праведника. Ризница врлина и благодати. Она за коју је пророковано да ће јој мач пробости душу. Девственица. Служитељка Истини. Богородица.

Беше давно. Али, и данас мајке причају са истим оним жаром као и тада, повест својим синовима и кћерима о томе како је Пресвета са Апостолима свога Сина кренула у проповед Царства Небеског. У проповед о, до тада човеку још увек непознатој, љубави. Векови су након тог благословеног пута по Егејском мору испевали своје песме, године су неуморно испредале своје приче. Дани говорили крепошћу вере, а сати шапатом позивали на покајање. Сваки је тренутак надахњивао живом вером у васкрслог нам Господа. А Она је и данас ту као и пре читавих двадесет векова када је ходила по Светој Гори. Поред нас и уз нас. Наша Заступница. Молитвеница. Укрепљење оних окрзнутих маловерјем. Прибежиште немоћним, који то скрушено и признају пред Господом, и оних који се гордо, али узалудно, покушавају сами пробити кроз све замке палог света. Њих још увек плете непријатељ нашег спасења. Уточиште у невољи и једним и другим подједнако!

Беше давно, али као да и сам ветар вековима приповеда истину о томе како је Пресвета крочила на Свету Гору. Као да увија тај многоцени запис у своја недра, наумивши да га сачува неокрњеним. Ту причу, што је ради укрепљења нас људи, ослабелих у вери, записана и откривена. А повест која се преко оца дословно преноси на сина, и у коју подједнако верују оба, истинита је. Лаж се лако разоткрије. Промени облик, јер суштине нема. А то што је далеко од смисла постојања, од Извора мудрости, као да никада није ни постојало. Лаж је од честитости прогнана. Од правде побеђена. Од љубави постиђена. Истина остаје у векове векова, и која поста пре свих векова!

Пловила је на острво Крит, где су људи живели у незнању, да утврди у њихова, искушењима још увек неиспитана срца, реч спасоносну. Реч живу. Јеванђељску. Она о којој ми, грехом раслабљени, не знамо ни достојну песму захвалности испевати. Пречасна Мајка, Богородица.

Али, брод је по немирном мору кренуо неким другим правцем од намереног. Божји Промисао, нама људима, углавном је непознат. Тако је, кротка, стигла на место које од њеног похођења постаде освећено. Света Гора. Увек иста за оне који верују. Сваки камен овде је завештан и познаје истину. Проговори само онима који светињи одлазе у страху Божјем и у искреној побожности. У истрајном ревновању за веру отачаства. Чак и стена зна и говори, а ми, будући словесни, колико познајемо милост Божју што се овде открила? И да ли преклоњеним коленима стајемо на обалу мирисну од молитвеног када из многих манастира? На обалу свету. Да ли се срце топи од умиљења као воштана свећа, отирући сузе покајања? Од благодати која све прожима?

Лицем окренутим ка Светој Гори, одбројавам преостале тренутке до оног када ћемо бродом пристати у арсану. Тако смо близу. Размишљам колико сам нашао милости у Господа када ме је довео овамо.

„Боже, зар сам достојан крочити где је Твоја Мајка корачала? Зар ћу ја, страстима умртвљени сасуд, гледати у високе светогорске кипарисе који су израсли светошћу и молитвама Непорочне? О, зар ћу прогледати и ја слепи?”

Заиста, да није ни са чим мерљиве милости Господње, да добијамо само по делима нашим, многи никада не би зашли у овај расадник живе вере, у башту Дјеве. Остајали би увек у предворју величанственог дворца који надвисује све житејско. О који се разбија све што је од плоти. Питам се како би било срцу када би само издалека осетило ту велику благодат, а онда остало без ње, јер јој не може прићи?

„О, да ли би заплакали када би само крајем ока угледали ту непојмиву светлост којој се не можемо приближити? Да ли би скрушено молили Бога да нас не остави тако сироте, далеко од Воде живе?"

Присећам се приче коју сам радо слушао од свог деде док се приближавам Хиландару. Приче, у којој је почетак радости и среће читавог једног народа.

„Векови су многи утекли од оне тихе, уснуле ноћи. У њој су само сове бдиле, испевајући химне љубави. Али, још неко је био будан. Кротки царевић, одбегао од пропадљивог света и благочестивих родитеља, како би тражио своју младићку жудњу, Бога. И нашао Га је, у Хиландару."

Неко је изабран да се још од младости своје укорени у трагању за непролазним, а неко за читав свој живот и не погледа са знатижељом у звездано небо које се, о чуда, увек по неком редоследу показује будном посматрачу! Несрећа је не запитати се бар на самрти! Непоправљив промашај! Од Господа би изабран и он, Растко, потоњи монах Сава. И као да још увек држи у руци повељу византијског цара, који му одобри да подигне манастир своме роду у којем ће многи напајати своју душу.

Хиландар! Ван сваког времена и ван сваке пролазности! Хиландар! Столп љубави који дочекује срца свих оних који му у искрености долазе од истока до запада.

„О, несагледиви Хиландару! Узданицо и укрепљење! Ризницо многих добара! Гледам те и све сам ти ближи. Теби, светосавској колевци."

Памтим сваки камен светогорски. Сваки горди кипарис израстао под крошњом небеском. И сваки понизни лијандер који мирише тако да се чини нестварним, док уста остају лепљива од те силне сладости! Хиландар! Као да није од овог света! Као да стоји уздигнут и близу неба. Тамо где огреховљена земља рида у плачу и љуби светлост звездану. Угнежђен између непролазности и свеколиког добротољубља.

Још чувам у највећој скривници срца, запечаћен са седам печата, тај први корак по каменој, поплочаној стази којом је ходио и Свети Сава. Ишао сам ка манастирским конацима и саборној цркви. Посвећена је увођењу Богородичином у храм. И не знам да ли је тада био умилнији ветар, јер се трудио да ми полако исприча једну од светосавских прича, или вековима одолео пут по коме сам ходио? Био је тако милосрдан и трпео ме под теретом мојих грехова! Опомињао сам и прекоревао себе, размишљајући о свим својим преступима, о узалуд изговореним речима.

Заиста, неопходно је да човек осуди себе за своје грехе, ако се нада спасењу душе. Велика је незгода када га други стану хвалити и ласкавим речима хранити му сујету. Ко нема довољно мудрости и смирења, ово може бити погубно за његово срце. А шта вреди човеку ако читав свет задобије, а души својој науди? И шта је претежније од ње? Шта вреди писцу ако напише дело којим ће и читав свет очарати, ако у њему не прославља Господа и не служи Му? Опет, ако то и учини, а себи припише заслугу и почне се гордити, губи плату за труд свој. Речи су дар који неки приме, а када су већ дар, чему онда гордост!

Имати душекорисну мисао, добро је. Повезати више њих у Богоугодну причу, свакако је корак напред у духовном животу. А живети ту причу, то је већ подвиг! Светогорци то добро знају.

Хиландару завештан посед и његова неметежна обитељ. Монаси огрнути мантијама. Молитвама. Тихи и кротки. Умрли су за свет и разапели тог старог човека у себи. Не брину се за оно „много”, већ једино за спасење своје душе. Чувају мир у срцу. Он се годинама стиче. Признају своју немоћ пред Господом и у Њега се уздају. Њему су положили свој јарам.

Свако има свој избор. И ту је свако од нас сам. Без изузетка. То је тако мудро смишљено. Човек има слободу воље. Она га учини робом или слободњаком. Можемо бирати између световне сујете, тог великог ропства, и уздања у Христа у Коме постајемо истински слободни. Слободни од греха. Јаки унутра. Ту се ломимо и разапињемо страсти док не очистимо тај унутрашњи олтар. У срцу. Оно тражи у молитви заштиту од рђавих људи и духова злобе. Опроштај за све што је из њега изашло као сагрешење, преступ, па ваља молити и за заштиту од нас самих. Заиста, некада смо себи највећи противници. Упорни и неразумни! Тада је гордост у човеку набијена пуном мером. Мисли да је сам себи највећи пријатељ, да све може сам и онако како то он мисли да треба. О ту стену многи су се спотакли. Свако разуман, схвативши своју немоћ, након тога положио је своје бреме под Ноге Господње и опет се нашао у наручју Милостивог признајући да нам спасења без Христа нема. Нема вечне утехе. Победе над смрћу. И читав живот без Њега несрећно је промашен и залуду утрошен. А колико човек данас размишља о свом спасењу? Да ли је близу Христу? Колико се грехова открило кроз многе саблазни?

Када се умножи безакоње и подвиге треба удвостручити. Добро везује снопље зла, огањ речи и дела их спаљује. Нико не бира време у коме ће се родити, али један је избор од векова и остаје у векове! Избор наш. Наша одговорност пред Богом. На коју страну ћемо стати, ком господару ћемо служити — Оном у коме је живот, или оном који доноси смрт! И када грех изаберу многи, ко ће молитвено стати пред Господом за нас недостојне? На чијим стубовима вере ће се одржати пролазна земља? Колико ће бити оних у народу што ће искрено и без страха проповедати на трговима и горама спасоносну реч Христову? Оних што ће са упаљеном светиљком душе помињати и опомињати да сваки час треба да стражимо над собом.

Братија хиландарска. Као многа светила на једној гори. Не остајемо ли у духу Светосавља њиховим светим молитвама? Не стоји ли уздигнут ка небу Милутинов пирг и данас, док одјекују звуци труба из бездана? Ломе се о молитве светогорских подвижника, па пирг остаје и даље да сведочи о неизбежности страдања на путу спасења. Нису ли светогорски монаси колесница Православља? Јер, златни Крст и данас стоји над Светом Гором, а дух њених манастира и даље невидљивим лествицама преводи у Царство Небеско!

Монах Лазар. Утонуо у смирај светогорске вечери са бројаницом у једној и босиљком у другој руци. Погнуо главу и затворио очи док му се монашка пана, као крила анђела, поиграва на мирисном ветру. О чему ли размишља? За кога се моли? Или само ћути, тихује, јер кажу да је ћутање пред Господом највећа молитва!

Руку преклоњених преко груди и благог осмеха, који ипак не успева да сакрије дуга, монашка брада, као да молитвом зауставља време да би се неко зло у многометежном свету осујетило, или бар одужило време његовог остварења. Истог и благог израза лица. Непомичан. Скрушен и слободан у мисли. У молитви. Испред њега сунце као да покушава да се отргне из загрљаја манастирске шуме, иако је то неизбежна доследност и лепота у пуноти сјаја. Као да и само жели да бар још мало милује добро чедо Божје. Нестало је. Уснуло. Сањивим очима оставило је црвен траг, као обећање да ће се вратити после само Богу и њему знаног пута, а онда зашло у пространо, дубоко небо. Лице монаха Лазара задржало је своју благост! Као да је сва светлост остала на њему. Као да се никада и није губила.

Миран и посвећен. Отворио је очи и загледао се у даљину. Низ благо лице заблистала је топла суза. Покајничка. Победничка. За чудо, осмех му је остао и као да је био још блаженији. Ганут величином Божјом коју је пројавио вечерашњим заласком сунца, као да се потпуно отео овом свету, док је суза тражила пут кроз густу браду. Пут ка том добротворном осмеху.

„Слава Теби Боже, Надо наша, слава Теби!", тихо отпоја.

Одвојио се од старог пања на коме је седео и лаганим корацима кренуо ка конаку. Да продужи молитву. Можда и плач свој?

Вече се већ одавно спустило и још само из понеке келије долази светлост од упаљених свећа. Спавају, многи би помислили. Траже починак уморном телу. Али, сваки монах зна да је ноћ победоносница усрдне молитве и осаме, због којих многи и одлазе у манастир. Јер, заиста, усамљен у тихој ноћи, човек најлакше може своје мисли упутити Богу. Покуцати на врата небеска и ридати над собом и читавим светом. Ослушнути потребу срца. Ту несагледиву сладост знају само они који је искусе и њу нико не може у речи ставити. И зато монаси ћуте. Задобили су унутрашњи мир у коме више не робују времену. Издигли су се изнад њега. Успињу се ка небу и да не би изгубили ту благодат, говоре само кроз осмех, уздржани од било каквог празнословља. И док се неко зло у свету навршава, они тихују у ноћи и у чистоти срца остају у молитви до заједничког богослужења.

Пријатни мирис лијандера смерно је ушао кроз тек мало отшкринут прозор и измамио ми осмех. Ликујем што сам преварио јутро и распеване славује. Пробудио сам се у хиландарском конаку! У тишини. Прву и чисту мисао упутио сам Богу, уз немерљиву захвалност што сам овде. Нигде нисам журио, јер знао сам да ћу стићи на време тамо где треба.

„Устао си? Време је да пођемо.”

Мало речи. Тек онолико колико је потребно. Ни једна више. Тихо их је изговорио јеромонах Никодим, син честитог рода и добри војник Христов. Подвижник и молитвеник.

Кренули смо на јутарње богослужење. Корак ми беше помало поспан, али мисао слободна од световних брига и расејаности. Исихаста и млади боготражитељ у једном науму. У истој жељи срца. До саборног храма ишли смо у тишини. Јеромонах Никодим погнуте главе, скрушено и у молитви. Како и доликује монаху. Нисам био сигуран да ли ја заиста корачам поред њега или сам ношен искреношћу његове молитве упућене Богу? Или ме можда сам анђео држао за руку, озбиљан, и у исто време насмејан, знајући делом тајну мог срца и велику радост што ћу бити на јутрењу у Хиландару.

Тихи цвркут птица, отпојан са многих страна. Сабран на једном месту, око манастирског звоника. Као одговор звонима, расточеним у хиљаде умилних тонова. Ветар ћути и ослушкује како би могао казивати поклоницима који ће тек доћи о великој, српској, царској Лаври. О небеским богослужењима која се у њој врше од Немање, монаха Симеона, до витешког и благочестивог кнеза српског, Лазара. Од Лазара до данашњих дана. Млад месец застајкује извирујући иза облака. Прикрада се бојажљиво да не ремети молитвено узношење које започиње испред храма. Погнутих глава, и са понеким издуженим уздахом, братија манастира Хиландара у сабрању и тишини, са страхопоштовањем, улази у светињу.

Упаљена су кандила икона пред којима су се многи молили и били услишени за вапај своје душе. Усправан пламен многих свећа открива ликове Светих. Мирис тамјана, уздигнут до поткуполне фреске Христа Пантократора, смекшава душе верних како би усрдније заједничарили у молитви. Хиландар, светиња подвижништва! За певницама се смењују монаси, ангели сладопојања. Погнутих глава и руку скрштених крај тела. Неки са осмехом, неки орошених очију у којим је лако препознати ону Христову светлост коју је пре двадесет векова даровао свима који желе прокрчити таму свога пута.

У које слово бих ставио умилно, богонадахнуто појање хиландарских монаха? Увек сам се питао о чему се понекад у животу ћути. Када то реч постаје немоћна? Зашто тајну треба чувати и због чега се она не открива свима? И поучен сам да је то због наше људске слабости којом је већина нас заробљена, јер, заиста, не могу сви поднети силину Божјих откровења. То је дато само изабранима, а ми колико можемо примити од мрвица које падну са њихове богате трпезе. Док стојим на молитви у Хиландару, питам се којим речима човек може верно приказати сву пуноту тих тренутака у којима се сами Бог открива и нама грешнима? Да ли је о томе нужно проговорити, иако муцаво, ради укрепљења других и учвршћивања њихове вере? Или је, ипак, разумније ћутати? Али, зар да остане без скромног покушаја да се искаже сва та величина јутрења у светилнику светогорском, бар речима које, истина, умањују ту молитвену лепоту, али је из поштовања описују? А оно што чинимо из поштовања, није грех већ величање славе Божје!

Још увек не свиће. Време стоји и чека. Овде га нико и не мери. Ту обавезност за људе у свету што упозорава на пролазност житејског, монаси и не познају!

Вековне фреске и иконе обасјава животворна светлост упаљених кандила и воштаница. Као да са њих долази радост што смо јутрос ту, у сабрању и молитви.

Црнорисци се ослањају на стасидије између своја два узастопна богослужбена приноса. Умивени светлошћу и покропљени мирисом тамјана. Оснажени заштитом Тројеручице којој одају хвалу. Поју непрекидно, умилно и надахнуто. Свако бреме оставио сам испред улаза у хиландарску светињу. У храму, једна је мисао — она о Царству Небеском. Она окупља, сабира све. Само та једна мисао, и једна суза. Топла, јер је искрена. Тешка и испраћена уздахом, јер ми је јасније него икада колико грех може далеко одвести човека од Христа Који је, ето, ту, стоји и чека! За њом је кренула још једна, а за њом и многе. Круна покајања. Дар многоцени. Искупљење и налажење милости у Бога. Тело ми је уздрхтало, а дух се радовао! Усне скупљене јецајем, али први пут сам потпуно био срећан. Као из воде изашао. Окрепљен. Благодаћу оснажен. Када бих је још знао сачувати, када бих се стално сећао свога греха и приносио сузе молитвене Господу. Покајање је природно стање свих нас, само што га ми често избегавамо. Стидимо се суза, а греха не. Какве ли лудости! И незнања! Погнуте главе склопио сам капке, те засторе очију, и допустио да сузе несметано отичу. Да очисте кал са душе. Остао сам дуго у том заносу, у тихом размишљању о милости Божјој.

Управих поглед. Кроз високо постављени манастирски прозор ненаметљиво улазе прве, јутарње зраке светлости падајући на ликове Светих. И као да ми се сви осмехују. Мученици и велики испосници. Исихасте и преподобни. Сви Свети. Сребрнкасто небо чини ми се ближим. Као да бих га могао дохватити руком. За певницом без престанка поју монаси, ангели милозвучни. Христолики. Њихово надахнуто, молитвено приношење, позива на чистоту и љубав нелицемерну. На смерност у стајању пред Господом. Неуморне и танке монашке руке окрећу бројанице и удвостручују молитве, јер ближи се најрадоснији богослужбени чин, Света Литургија.

Лествицом ка Господу ходи се лагано и опрезно. Лукавстава је много. И што смо ближе Истини потребна је пламенија молитва и усрднији подвиг, јер ђаво се устремљује на оне који су истрајни на путу спасења. Монаси знају ту мудрост. Знају и да Лукави може узети и лик светости да би како преварио подвижника. Знају да покушава да искуша чак и за време молитве у самој цркви. Да се појављује кроз различите прелести.

Због тога црнорисци држе ум сабран у величање славе Господње, док су им руке увек упослене како не би запали у благу доколицу када господар људских слабости плени и лако може дошапнути неку рђаву помисао. Гледам их како неуморно стоје, како им је сваки покрет руку одмерен. Благи и кротки, духом непресахнули.

Упозоравао је Христос да се стоји и на првој и на другој стражи, да нас не би затекао у палости. Говорио о слабости тела. И заиста, захтевна је плот људска. Понекад тако упорно тражи да јој се служи. Сви велики подвижници су добро знали да тело треба много да пострада како би се душа ослободила од робовања слабостима. Да би нашла мир и осетила сладост. Уморан, пожелео сам да станем поред кивота Светог Симеона како би се ту укрепио и оснажио духом. О, каквог ли благослова! Пришао ми је онај исти монах, Лазар, кога сам претходне вечери посматрао док је стајао на молитви под свитком неба. Руком ми је показао да станем испред игуманске стасидије на коју нико не седа! А ко би се и усудио ако зна да је она посвећена Игуманији, Мајци Цара нашега! Стајао сам поред иконе Богородице Тројеручице. Тихо и смерно. У молитви. Дирнут небеском сладошћу и умиљењем, осетио сам слободу од робовања непотребним помислима које одводе у расејаност. Имао сам једну мисао и од ње нисам желео да се одвојим. Сагледавао сам у дубини свог срца, у тој скривници која чува пламено ревновање за веру истиниту, величину за коју многи знају, а нико је не може објаснити у потпуности — величину Љубави Господње према нама каљавим и отежалим грехом.

Суза је опет потекла. Када човек постане разуман и о Божјој милости почне предано размишљати, схвата да сузе долазе као неизбежни благослов и дар искреног покајања и признања сопствене немоћи. Заиста, ако би се и сви напрегли заједно и сабрали оно најбоље, и као такви би били само нејач која без Божанске благодати остаје незадојена!

Молитвеним кадом ђакона отпочео је најрадоснији богослужбени принос. У Хиландару, у тој ризници благочестивости и молитвословља, осетио сам шта је то небеска Литургија. Она човеку срце напоји и освежи га као крин мирисни. А шта је све то што долази од нашег мудровања ако не само тегобни нарамак кога сујетно вучемо у сопствену јаму погребну! Кад би само допустили да нас води тај осећај изнутра! Тај глас истине и праведности, који тражи од нас да се потпуно предамо вољи Божјој! Једино смо тако увек сигурни. Треба оставити многе бриге и тек тада ће мисли бити спокојне, а срце чисто. О, кад би чешће сагледавали неугасиву светлост светиња којим је Света Гора благосиљана. Украшена и чувана од злих времена. Питам се одакле човеку долази изобиље дарова па он успева да ходи лествицама које га узводе на небо? Осмех са свих светих икона, као радосна прича и одговор на сваку питалицу. Као оправдање за сваки труд.

Са хиландарског звоника као да одзвања стослов љубави и добротољубља. Звона позивају на саборност. На једнодушност и строго пажење на ток Литургије. Молитве свештенослужитеља куцају на врата небеска, и у свакој од њих помињани смо и заступани и ми и наши ближњи. Пријатељи и непријатељи. Упокојени и они који још увек са трудом желе задобити Царство Небеско. Једино светлост Источника сабира и измирује све. Једино се у Светој Литургији тајанствено моли за све народе заједно, и за сваког човека посебно. Једино у овом Светом чину, у коме и сами ангели саслужавају, све мирише на радост и мир. Ликује све земаљско са небеским.

Погружен у молитву не одвајам мисли од поретка по коме ангели на небесима поју и величају Господа, Цара Славе. Овде, у великој, српској, царској Ларви, у славној задужбини благочестивих и још славнијих задужбинара, Светог Симеона мироточивог и сина му, монаха Саве, служи се небеска Литургија спуштена на земљу. Узводи на висоравни љубави, слоге и заједништва. Затворених очију созерцавам тајну великог славословљења Јединог Непорочног! И док стојим спуштеног погледа, дајући благослов сузама да неометано падају на мермерни под, док оплакујем своје грехове и истовремено се радујем због задобијене и ничим заслужене благодати, осећам како у мени све надолази и сабира се у благопријатно исповедање вере. Дар суза добија свако ко почне духовним очима сагледавати све замке и падове у васцелом свету. И зло које се надвило над нама као тешки облак који само што се није подерао. У изобиљу овај дар добија онај који осуђује ма и најмањи свој преступ, и када се у простоти и искрености срца, каје због свега што је учинио, а што није угодно Богу. О, мора да је неописиво тужно живети у безверју! Како би човек одолео искушењима, како би сазнао смисао свог постојања, како би се попео на небо, како остао миран и тих чак и у невољама, како би пронашао смисао и своју улогу између јутрењовања и вечерња да нема поверење у Онога Који свему и даје смисао? И шта то човека држи у поробљењу, у незаситости наслађивања сујетом нашег неплодног мудровања? Све би нешто хтели по свом и гневимо се на све око себе када нам крене наопако. Роваримо по морским дубинама и да можемо и звезде би пребројали и прочешљали тражећи кривца за свој неуспех, свој удес. А смирења нема све док будемо другима приписивали свој грех! И као да готово увек покушавамо да дођемо до свог коначног циља, спасења душе, хиљадама пречица заборављајући на наук о узаном путу! Све би нешто краће, лакше.

Благо се осмехнух и усправих погнути поглед зауставивши га на лустеру који се непрекидно и лагано њише. Као да испева тропар Богородици док свеће у чирцима догоревају. Јутро је још давно преварило ноћ, а ја сам то тек сада приметио. За певницама се смењују црнорисци, милозвучни појци. Свештенослужитељ још једном кади Светиње у Светињи, иконе и ликове Светих на пажљиво осликаним зидовима. И све нас недостојне пре него што неки не приступе Светом Путиру. У том чину Литургије пронашао сам велику премудрост, јер као да се самим кадом сви причасници припремају да са великим трепетом приме радост изван сваке радости. Као да им сами благоухани мирис тамјана из баште Богородичине дарује и смелост да приђу Богу живом у најстрашнијој, али и најрадоснијој Светој Тајни. Погнутих глава, скрушено и свако удубљен у своју мисао, своју молитву, дочекали смо изношење Часних Дарова из олтара. Дарова који су обећани свима који срцем повероваше да је Господ пострадао за наше грехе, а васкрснуо да би објавио своју божанску славу! У очима тиња радосна светлост и истинитост у исповедању вере. У срцу догрева осећај ниспослат са неба.

Служитељи ставише Путир на Часну Трпезу, коме ће приступити сви они који су храбро подигли прегршт подвига, скидали кал са душе, грчевито се боречи против онога што их је већ мучило као навика. И против онога што је смело претило да то постане. Сав подвиг се састоји, у крајњем, у непопуштању лукавим помислима, којих нико није ослобођен, јер у том случају не би ни био у могућности да води борбу. Да постане победник над собом, врлинама украшен војвода. Одолевати саблазнима и искушењима, давно је дато, аскетско правило, али на који начин бити успешан у томе — то је круна сваке мудрости и познања! Можда неки сматрају да је узалудно обремењивати се питањима која имају готово исту важност и величину као и сам човек? Да је пут њихових одгонетки тежак и непредвидив. Али, ја сам био спреман да ставим у залог сву своју сиротињу знања за само један одговор — одакле долази смисао нашег постојања? У годинама што су остале иза мене, ја сам био очаран овом питалицом. На крају бих увек посустајао. Повлачио се пред њом. Можда и пред самим собом! О, то се тако мучно знало одужити да напослетку нисам знао ни за чим трагам! Нисам дошао до одговора све до Причешћа у Хиландару.

Тишину мира обоготворило је радосно појање монаха. Оно је пратило Причест, Тајну над свим тајнама! Озарено лице седмогодишњег дечака који је у себе сместио Онога Кога васељена читава због Његове величине није могла примити, и његов озбиљан поглед као у старог мудраца, био је одговор на сва она моја трагања о смислу нашег постојања. Заиста, ако би само пажљиво ослушнули шапате и жеље тих малених детињих срдаца, верујем да би били тако близу свега што одише светлином и радошћу. Закорачили би у расадник сваке једноставности и искрености и све вером прихватали. Вером живели. Али, ми због свог многог мудровања не можемо да схватимо ни оно, наизглед сасвим просто. Све што постаје предмет испитивања и тражења доказа, остаје далеко од оне простодушности коју само деца имају. Па загледајте се само у одраслог човека. Он је толико отежан теретом сумње да под њим постаје грбав. А грбавца жели ли ко? И када му живот неизоставно на самрти стави огледало пред њега, када му сведе рачун, неће ли се уплашити када угледа своју грбу? Зар у страху да помичемо уста која изговарају последње речи, уместо да и тада прослављамо Господа, храбро, јер смрти нема! И да ли ћемо се тада, бар на самој самрти, усправити? Да ли ћемо поверовати и исповедити Христа, ако читав свој век проведемо погнути и неверни? Милост Божја је велика, али не треба је кушати!

Седмогодишњи малишан веселог лица стао је поред иконе Светог великомученика Димитрија. Одважан и спокојан. Поглед му није радознало лутао. Чини се као да су му све тајне познате, само што не зна којим језиком да их и нама открије. Нама који смо готови да се закунемо да одвећ све знамо. Да разумом можемо извести ћилим свога живота баш онакав какав желимо. То је наш највећи пораз! То што истичемо као највећу победу! Наш разум, та наша идеја за коју се грчевито боримо као да њом нешто можемо променити! Али, шта ми сами можемо учинити без благодати Божје? Шта је то што је наше, што нисмо добили на дар од Бога? Ако нешто и имамо као своје, то су једино те изгубљене битке, изгубљени дани у којим смо се скривали од Бога. И како онда да гордима приђе тај зајапурени дечак и објасни да је смисао Бог и да је смисао у Њему? Он нема много речи, не мудрује као ми, али има лице анђела и очи доброте и понизности у којима је нарочит сјај. Заиста, деца мало говоре, а кажу много. И све што раде, чине то из срца.

Сећам се великог метанисања тог малишана пред Тројеручицом. Вековни поредак поклоњења иконама у Хиландару је такав да ходочасник исписује молитвени круг. Завршава се пред кивотом Светог Симеона мироточивог. Михајла, тако се звао овај малишан, као да је за ручице држала сама Богородица па се њеној чудотворној икони најпре коленопреклоно помолио. Онако, једноставно и из срца, како то само деца знају. Његова озбиљност лица, док је челом дотицао под, остаће поред неке стасидије да поздравља све оне који ће тек доћи на ходочашће. Ганут, направио сам велику метанију пред Тројеручицом. Усправио се и ослушнуо тишину каква се може чути само у Хиландару.

Светлост свећа и кандила, помешана са оном коју нам Бог увек јутром дарује, показала ми је сву лепоту Ваведењске цркве. Ликови Светих, опомињали су са њених зидова на непоколебиво чување вере очева наших очева. Овде Литургија никада не престаје, јер је небеска, а то што је небеско не познаје кончину.

Тихо, заузет свак својом молитвом, кренули смо у трпезарију на заједнички обед. Ходао сам тако да нисам ни осећао да ми се кораци ослањају на манастирски под. Газио сам по својим рђавим навикама и жељама срца. Заиста, човек тек у великој светињи може потпуно сагледати сав свој промашај и своју укаљаност неплодним делима.

У трпезарији, нарочит, освештан мир. Посебан ред овенчан уздржањем. Хиландарским хлебом смо окрепили тело које увек изискује. Молитва је претходила његовом кушању и опоменула нас да не живимо само о њему, већ и од сваке речи коју изустимо. А од молитве, најслађе речи, свакако се најрадосније живи. Зато и један од монаха из обитељи, по послушању, чита житија Светих, а то је, свакако, молитва. Молитва созерцања. Из руку оца Јефрема, са корица једне од књига мудрости које се овде читају, смешиле су се боготражитељске очи Светог владике Николаја. Отворивши је, не без усхићења, поче ишчитавати красно слово балканског златоуста о Светом српском мученику, Лазару. Таква је храна хиландарска. Вечита. Слатка. Небеска.

Поклоних се монаху који је чинио мали наклон свима који излазе из трпезарије. То му је послушање. Скрушено и у молитви, дођох до Савиног бунара да пијем од те воде живе од које нико више ожеднети неће. Окружен ројем пчела упитах се, не без зебње у срцу, пију ли и данас синови и кћери великог жупана Немање, светог монаха Симеона, воду чисту, воду светосавну или се затроваше неком туђом, мутном? Где је то, уопште, човек данас намерио? Где кренуо необуздано? Зар се од прста Господњег може сакрити? И зар су пчеле мудрије од словесног човека па пију са извора чистине, док се он напаја сваком прљавштином? И још је непоколебиво држи за сладост! Усправих поглед ка светој лози Немањиној, израслој из саме цркве. Помолих се светитељу да нас помене у Царству Небеском где је он са својим сином, Светим Савом, сакупио благо и украсио га венцем непропадљивим.

Још у току овог поподнева напустићу хиландарску обитељ. Ова ми је мисао унела тугу у срце, иако сам знао да је Хиландар уточиште кроз векове, а не само за једно ходочашће, и да му се, неизоставно, могу вратити када ме сломи врева житејска. Тешко је човеку одвојити се од смисла, посебно ако је око њега много тога безначајног! Од неисказане лепоте ружа, ако је окружен само трњем! По ко зна који пут сам ушао у костурницу. Место свето и миомирисно, као и све остало што се везује за име Хиландар! Овде човек осети нестваран мир и тишину, без страха. А и чему застрашеност? И од чега, ако већ смрт жање по неком свом редоследу и ако нико од нас није засебан клас који је изван тог поља да би остао непожњевен. Али, смрт је побеђена! Слабост човека искупљена! Њему вечни живот обећан! Па чему онда хвалисавост оним што пролази и узношење пропадљивим, ако нас смрт уграби неспремне? Уљуљкане у страсти и рђаве навике. Вечни живот јесте обећан, али га треба трудом задобити.

Замишљено, изашав из костурнице, поздравих се са жутим хиландарским мачком који ми је претходне вечери јео из руке. Благо га помиловах обећањем да ћу му се опет вратити. Застах под олисталим ораховим гранама на тихом и светлом монашком гробљу (какав је и монашки живот), не бранећи његовим гранама да ми милују лице. Посве је чудна та незлобива игра светосавског ораха са ветром који покушава да му, само он зна из кога разлога, замрси руке. Зажмурих и заплаках. Али не због смрти хиландарских монаха, јер за нас православне смрт није жалост, већ и овог пута због своје недостојности и скорог одласка.

„Боже, чиме сам заслужио оволику благодат? Ја који сам те гонио од себе, понекад решен и да ти се наругам! Да исмејем сваку простодушност и прођем мимо сваке добродетељи! Ја, преступник закона и мислени развратник! Можда нас милостиви Господ награђује због признања нашег грехопада и тиме нам открива Своју ни са чим сравњиву Љубав?", уходила ме је мисао, мирно и стрпљиво.

Преклоњених колена и дрхтавим рукама убрао сам босиљак како бих његовим мирисом био покропљен док корачам светогорским стазама које воде у Царство Небеско. Желео сам да још једном пређем „путем векова", од манастира Хиландара до обале мора. Да се дивим високим кипарисима што урањају у небеску чистину и шапатом говоре о светогорским подвижницима који су се повлачили у своје молчалнице како би се дали на потпуну службу Богу. На омаленој стени, исклесан лик великог светитеља, монаха Симеона, како окреће бројаницу у руци и гледа кроз векове у своју задужбину, Хиландар. У ту росну, цветну ливаду на којој ће се наслађивати његов народ. Сретох и заблагодарих монаху, који је чувао свој подвиг да бос прелази овим путем из дана у дан, за истину коју ми несебично откри:

„Радост је у смирењу и потпуном прихватању свега што ти Господ пошаље, чедо. Напослетку, и сам ћеш схватити да је све за твоје добро. Не узимај на себе расуђивање о туђим поступцима док сам не укротиш своје мисли и страсти, јер какав би савет могао дати ако немаш опитног искуства из борбе са Лукавим? Радуј се и труди да се и они око тебе радују! Испуни ово и наћи ћеш мира души својој!"

Благо се поклони, насмеши, и помилова ме погледом пуним љубави. Одмахну руком као да ми је хтео рећи:

„Не брини, све ће то Господ уредити и открити ти када за то дође време, а ти се до тада моли што чешће можеш."

Убрза корак, радосно корачајући као дете незлобиво. Испред мене се назирао Милутинов пирг. Био сам још увек далеко од њега. Поред пута, брижном руком неговане маслине, симбол мира, радости и мудрости, величају славу Божју. Ветар зађутао и допушта птицама да разносе вест путнику како се овде, некада давно, сукобило добро са злом, јер није хтело посустати у одбрани неповређене истине и љубави. Осећам мирис узреле смокве, оквашене, украј мора. Близу је хиландарска арсана, увек гостољубива када у њу упловљава величанствени брод „Достојно јест".

Застао сам на песку и загледао се у даљину. Као да сам очекивао да из ње дођу неки нови намерници. Трагаоци за тајнама. И за Истином. Верујући у чуда. Изуо сам обућу и завpнуо ногавице, решен у науму и жељи срца да се бос вратим Хиландару.

„Час мог одласка може ли се сасвим избећи? Или бар одложити? И по ком то закону душа добија баш онолико колико јој је потребно на њеном ступњу раста ка савршенству? Зашто не добије још благодати? Само још један дан да останем, ето, не тражим више!"

Осетих нечију руку на свом рамену. Био је то монах Стефан. Подвижник кога сам срео пре неки час. Враћао се Хиландару. И сада бос, разуме се. Са штапом у руци, као мудри пастир, монах манастира Хиландар, радостан у свом аскетизму. Спусти поглед и осмехну се видевши моја огољена стопала. Говорио ми је да не смем туговати, јер ме Хиландар већ позвао да му опет дођем и да ћу му се, сигурно, ускоро вратити. Не знам одакле је долазила та његова сигурност, али сам му безусловно веровао. А ко и не би ако зна да је овај смирени ревнитељ, достојан монах највеће српске светиње.

Пригрли ме чврсто, са очију ми отирући сузе. Дуго ћу у њима носити тихе хиландарске вечери под лозом, у којим сам, радостан, испијао шољицу кафе уз цвркут птица манастирске шуме. Памтићу заувек ту лепоту руменог трага сунца који застајкује за њим. У мојој души остаје сећање на, узвишен над сујетом и метежом, Хиландар.

СТАРАЦ И БОГОТРАЖИТЕЉ

Тешка манастирска врата отворише се тромо. Ручно их је израдио монах Калист, Богом му дарованим талантом. Великим напором и трудом. Зашкрипаше као мисао монаха када тражи одговоре на суштаствена питања живота. Монашка ревност га гони да трага све док их не пронађе.

Јутарња је служба у манастиру Христа Пантократора. Диван манастир, угнежђен у брдима изнад мора. Монаси се крсте пред вратима и у тишини улазе у храм.

Отресајући снег са старог капута, Аљоша прође кроз манастирску капију. Поглед му спуштен, корак хитар, а он решен у намери да се повери оцу Јустину. Да од њега чује поуку, а можда и остане као искушеник и послушник у братству Христа Пантократора. Духовно је још увек недовољно искусан. Помало расејан од световних брига. Можда чак и очајан због својих животних грешака. Али, зар у манастир ступају савршени или они који су то намерили!

Православни пут добро је изучио. Ходио је несигурно по њему, јер га делима у свом животу још увек није утврдио. Грешио је. У немогућности да се избори са саблазнима времена, падао. Чинило му се да то још увек није ништа и да увек има времена да се духовно тргне и да почне да живи врлински. Све је то одлагао за „тамо некада”. Зашто сада када је у јеку младости која тражи да јој се узврати на бројне прохтеве! Неразумне, али зар то млад човек може схватити?

Ишао је на ходочашћа. Грачаница, Високи Дечани. Жича и Студеница. У тим духовним расадницима живе вере, тражио је потврду за свој труд.

Никада га није нашао, јер нико од монаха са којим је сатима разговарао није могао да му јемчи да је на путу спасења. А ко би се и усудио на тако нешто? Ко то са сигурношћу може знати?

Питао се. Читао. Патио. Ломио на хиљаде парчића које никада није успео изнова да састави. Једноставно, живео. Веровао да ће наћи спокоја врлинама испошћеној души. Грехом обремењеној. После толико година трагања, схватио је да не сме чекати, јер ни ђаво не чека већ напада! Имао је потребу да исповеди читав свој живот оцу Јустину о коме је много и увек радо слушао. На овог великог духовника, упутио га је брат из парохијске цркве, поклоник и више пута повратник манастиру Христа Пантократора.

Аљоша је носио тегобно бреме у себи о којем никоме и никада није желео говорити. Једноставно би одмахнуо руком, накривио се у страну и нерадо процедио:

„Нека, брате, пусти сад то.”

То је било све. И ништа више од тога.

Глас о проповедима оца Јустина отишао је у ширину, на све четири стране света, али и у дубину, јер непогрешиво је погађао у срца свих оних који су нетремице слушали красне речи овог истинског златоуста. Био је омиљен у народу. Ово га је јако жалостило знајући да врлински монаси увек у људском славословљењу човека виде опасност могуће гордости. Она води ка бесцењу пред Господом.

Смиривати се уз духовне великане као што је отац Јустин, лако је. Али како они унижавају себе? Како се боре против прелести самохвалисавог умишљања да им је дух зрео и бодар, далеко срчанији од оног који је стешњен унутар нас многих и непостојан као етар? Они су увек у молитви и непрекидном сећању на Божју величину пред којом смо сви заједно заиста немоћни, под лупом неприметни! Биће да им је управо ово покров против гордости.

У манастиру Христа Пантократора, годинама је снег остајао као тајна. Непознатост која се скрива. Литургија се, слава Богу, служи увек! Аљошино ходочашће остаће упамћено по спајању наизглед неспојивог.

Са једне стране, његове учмалости духа и жеље да ступи у манастир, спој човечанског и Божјег, а са друге, снег није заронио у топлину морску годинама! И природи је дат закон. Али, и она понекад одступа од њега као и човек, све по допуштењу Божјем!

Звонар, монах Николај, осенивши се у смирењу крсним знаком, привуче ужад ка себи. Звона у јеку проговорише. Призваше све на сабрање. Покајање. Литургијску заједницу и братољубље. На послушност Истини и љубав у нади за спасење. Огласише вечност и замукнуше.

Унутра, у манастирском здању, огласи се отац Јустин. Литургија, једном започета, траје у векове векова. Неизмењена. Иста. Светоотачка. Монаси очију орошених љубављу кроз њих запојаше. Сузе монаха Доротеја и дубоки поглед, поглед самопрекоревања, самоосуђивања и тајанствене Христочежњивости исписују причу подвижништва и дуготрпељивости. Благошћу умивено лице оца Јустина који је многе душе грчевитом борбом превео од ђавоиманости у богољубље! И све је то на једном месту. Тихо и ненаметљиво. Непоколебљиво и чврсто.

Аљоша, занемео и сам себи отежао, упрљана слика мртвих боја, спусти поглед у покушају да се тако сакрије од греха кога је унео са собом. То бреме се не оставља лако. Само јаче стеже и као да хоће да угуши. Зато је јутрос у манастиру Христа Пантократора. Тражи олакшање души и одговоре на питања која су поспано сневала у његовом незнању и несавршености.

„О, преслатки, величанствени Христе! Пунотo љубави и милосрђа! Кажи ми чему све те шарене перјанице лагодног живота ако ћемо умрети у дрхтају незнања? У кукавичком бегу од себе како не би сагледали, у искреном покајању, сву своју прљавштину и промашај? Чему благо земаљско ако се може продати, отуђити? Чему све што није корено? Чему, кад огањ прочишћујуће савести, кида утробу у благородном страху од Твог праведног Суда? Показао си нам кроз праведнике и подвижнике да је једино тај страх оправдан, а да сви остали долазе од наше тежње несједињене са вољом Твојом? И зашто да тражим у ближњима студену воду која би расхладила грехом узаврелу ми савест? Зар да очекујем од других да оправдају моје грешке лажном слаткоречивошћу како нам је грех својствен, неотуђив? Зар да падну тако заједно са мном у јаму безличну? И уопште, каква ми је утеха човек кад ни сâм себи помоћи не може! Кад су сви који се тим именом називају пали, несавршени! Прах који без Бога остаје неосвећен, јер једино је Он сигурна узданица Који тражи од нас само једно, да Му приђемо у искреном покајању.”

У таквом размишљању, подижући главу, Аљоша је хвалоспевом хтео заблагодарити Господу. Извору вечите светлости и крунисане љубави. Али, није знао како. И кад му се учинило да остаје без речи које носе смисао, које би га осмелиле да приђе Богу живом, срце је изнедрило молитву. Топлу и тиху. Молитву од великог жала пређашњем робовању греху. Везену истинским покајањем које није начин живота, али је, сигурно, бисер његовог унутрашњег украшавања.

Молитва му беше блага и кратка, али њом као да је читав свет обухватио. Лагано помичући усне, тихо зајеца:

„Господе, Исусе Христе, помилуј ме грешног.”

Није знао да су се управо овом молитвом спашавали многи кроз векове патњи, искушења и страдања. Али, да није искушења не би било ни подвига, да није страдања не би било венаца славе.

„Господи, помилуј”, запојаше монаси.

Аљоша помисли да су и сами зачули дрхтаје његове душе и његово мољење које се уздизало ка небу као мирис на жртву принешеног тамјана. Осетио је до тада несхватљиву снагу молитве коју је изнедрио из чистог срца. Разумео је шта је то, заправо, литургијско заједничарење где сви осећају једно. Иду ка Једном! Проналазе исто и истинито. И где су сви у неисказаној љубави.

„Боже, па зар сам годинама био притешњен љуштуром световног живота не видећи прелест у свим тим пировањима која удаљују од оног што је суштинско и истинито? Зашто сам увек пролазио поред врата која Теби воде? Или су, можда, она закључана у мени, а да ја то и не знам?”

Аљоша је неуморно мучио себе питањима. Тешко је када човек, млад и искуством сиромашан, затрпа себе гомилом питања која га одводе у ново, и опет ново трагање. И када се људи оглуше на бол душе која грчевито вапије за мелемом који би исцелио загнојену рану, када она тражи а не налази (о, има ли већег проклетства?), тако разголићена остаје на ивици са које се лако склизне и нестане у забораву и мраку, или се окрене Богу, једином истинском Видару. Аљоша је то осетио овога јутра. Дугогодишње поигравање са душом којој није успео притегнути узде, претворило се у унутрашњу грмљавину која је својом силином кидала срце од бола. Обореног погледа, чинило се као да је на поду манастира тражио ма и најмању мрву хране духовне, те небеске мâне која долази одозго, свише. Затворио је капке и тако остао до завршног чина Литургије. Непомичан и притиснут својим грехом који му је давно одузео мир, а душу налио болом како би је опио.

Дар дат преко речи, проповед за препород још неутврђених душа, свакако је изузетан и посебан. Он наглашава и показује лепоту, смисао нашег живота. Сигурно је и један од оних који се једноставно морају поделити са другима. Не може се задржати за себе, мада то наша себичност понекад сулудо пожели. Тај дар, као и многе друге, имао је отац Јустин. Закрстио је груди кошчатим, истањеним рукама. Груди, које чувају широко срце, тог увежбаног диригента од кога читаво људско биће удара у јасне кимвале љубави. Оно поје славословећи Онога који га је саздао! Уђутаће као и сва друга. Монаси то знају и та коначност их нимало не смућује! Напротив, они је са радошћу прихватају! Смрт је неизбежност, а ако је већ тако, зашто онда бежати?

Огрнут скромном мантијом, али и благим осмехом, тим украсом који га је свога и увек улепшавао, отпочео је своју покајничку беседу и беседу о покајању. О љубави, трпљењу и унутрашњем ћутању.

„Још као млад монах приметио сам да су питања којим је човек обремењен, постојанија од њега самог. Ако нас не сачекају на раскрсници, нема сумње да ће нас сустићи у кривини нашег животног пута и ту нам се смело представити. Нису путоказ, али наводе на њега, гурајући нас у ватру тражења одговора који и јесу водиља, та густа цедиљка кроз коју треба пропустити само оно што је истинито, чистим расуђивањем.

Но, ма колико се трудили, ма колико разгртали ту гомилу загонетки којом смо притиснути, истински ћемо бити спокојни само онда када пронађемо одговоре на питање Бога и питање човека.

„А ко у потпуности познаје себе? Своју греховност и све своје странпутице којим је газио у животу? Ко је близак Богу у овом метежу световних лакрдија? У бестидном самохвалисању људи који желе све уредити својим (не)разумом. Човек као да се изгубио у дубоком понору покушавајући да усмрти Бесмртног. Не попушта пред својом гордошћу, којом се, о неразумности, још и хвали! Као такав, остаје далеко и од себе и од Бога. Вешт и неуморан ткач који везује чворове греха на бич којим безумно шиба Онога који разобличава сваку лаж. Сваку заблуду. Градећи се 'разумним' и не схвата да је под жрвњем воденице страсти која меље оно најтананије у људским душама. Остаје горд, а срце затворено за свако добро дело. Опустело. Отврдло. И тада Бог допушта да падне под бременом искушења. Да се смири и запита. Они који оправдавају себе тиме да је савест свима разрушена и пала, и као таква, блиска нам и неотуђива, остају прелешћени и лажно уљуљкани. Немају места за подвиг и борбу коју свако од нас треба да започне против самог себе и да је заврши у себи. Такви само дубље зарањају у језеро незнања. Други се, опет, хватају за гушу са својим слабостима и окрећу молитви. Ако остану у њој, иду ка подвижништву угађајући Господу. Ако је оставе, неретко падају у очај.

„Немојте да вас вара мисао да су подвижници само они који уздишу међу зидинама манастира и молитвеним сузама оплакују грехове палог човечанства. Не спашава ни скит, ни житејско море, већ достојан живот човеков тамо где га Бог постави. Тамо где јесте. И не питајте колико човек живи, већ како живи! Не одлазите у свитање док је сунце тек у затишју. Не журите у нови дан. Не размишљајте о корацима који су остали иза вас, о ономе што је прошло. Оно што сте учинили не можете променити, али себе можете и требате. Увек постоји право време за златнокруну мудрост, за неспутану радост и благопријатну тугу, у којој човек силази лествицама у себе ридајући. У њему треба живети, јер једино тада можеш осетити сву пуноту онога што ти је дато. Искушавати умиљење у молитви, призивати сан када треба да стражиш, лукава је замка и лаж. Пусти! О, човече! Нека! Све долази тек онда када сјединиш своју, са вољом Божјом. И зато не тражи да крин процвета када му време није. Заиста, све је на спасење и корист баш тада када га искусиш, ако си довољно мудар да одвојиш добро од зла. Не јуче. Ни сутра. Сада. Сада ти је дато! Тако га и прихвати, и ако је радост нека је на радост. Ако добијеш дар речи тад и укрепљуј, теши! Прихвати све и не ропћи како хоћеш нешто друго. Нешто туђе. Живот није позорница па да изазиваш буру тамо где је све тихо. Ничега ту нема, изузев лажи, а она није ништа. Величину има само оно што достојно проживљаваш кад ти Бог да, када треба, а не када ти мислиш и хоћеш! Било шта што неразумно призиваш, све те жеље и хтења, немају онај сјај као оно што надолази само по себи. Као оно што Бог даје. И зато, све док будеш мудровао по свом разуму, бићеш као онај који гради без чврстог темеља. Једна вода, једно искушење ће однети твоје зидове. Бог даје мир, а мир ће пронаћи само они који Га траже. Који Га драговољно славослове и у радости и у недаћама. То су они у чијим очима дише благодат. Они који срцем поју: нека буде воља Господња. Ту је разум и трпљење светих. Тако се и ви владајте. И ако се учите, у Богу се учите. Ако делате, делајте тако да Богу принесете зрео плод а не натрулу смокву.

„Пазите да не падате у очај. Да не буде међу вама оних који мисле да Бог није кадар опростити и најтежи грех. Немојте да вас ђаво тиме искуша. Не будите малодушни и сећајте се несазерциве милости Господње. Ако и преступиш закон, стреси прах са себе и не окрећи се. Иди, бори се и даље. Усрдније! Сколила су те искушења, остао си под бременом које те притисло? Скини га молитвом са себе и труди се да не грешиш више. Погордио си се, а као такав не видиш себе од умишљене величиве свога ’ја’, тог надувеног мехура, великог и празног, који својом надменошћу све прекрива. Сваки труд и врлину. Сад, док лежиш, када те Бог оборио да би вечно живео кроз покајање, уразуми се и схвативши поруку, признајући своју немоћ и прљавштину, заћути! Прослави Господа и тако окупан Му приђи.

„Читате Јеванђеље? Знате за причу о блудном сину? О једној изгубљеној овци од сто у стаду која се враћа свом Господару и којој се Он радује? Шта да вам ја недостојни говорим онда о великој милости Божјој? Зар очекујете да гробови говоре?

„Сваки је човек засебна, велика тајна. Мудри су који обично ћуте. Зашто говорити ако некога не укрепљујеш? А колико је штедљивих на речи који схватају њихову величину? Важност и моћ? Речи миомиришу долином мира и љубави, али њима се и светови руше! И зато, ако не знаш да их изабираш, боље ти је ћутати. Речју се сведочи истина, али и окреће наопако па постаје лаж, а она је од ђавола. Ви служите Богу па и стојте у Истини.

„Велика је радост мало говорити, али ако и једном од вас дам реч утехе, радоваћу се и вечераћу с њим. Често смо преко других призвани покајању, исцељењу, и ако после моје беседе и један од вас нађе покоја души својој, нека ме не благосиља! Нека прослави Светога над Светима!

„Међу нама монасима има и оних који читав живот проведу у тиховању и тај подвиг је изнад свих. Зато га и узимају само они којима је дато. Пут ка ћутању тражи трпљења. Подвижник почиње да сагледава и прекорева себе због свог некадашњег мудровања које га је одвело у погрешну страну. У осуђивање ближњих, а не њихових грехова. У ћутању ум излази из лутања у расејаности. Срце остаје у дубини и сва пажња се спушта у нас саме. Видевши брлог својих страсти, ко је тај који сада може осудити брата свог?

„Ко остане у себи признајући своје недостатке, неизбежно ће замукнути и имати само један начин за општење, а то је молитва. О, знате ли колико је само јачине у дрхтају срца које се прочишћује! Колико топлине у сузама покајања, које све грехове бришу и бацају демоне под ноге подвижника! Али, авај! Колико нас је без скрушености док стојимо пред Господом? Небо се не спушта у нас. Молитва личи на себичну заповест, списак неразумних жеља. Као да и овде покушавамо да изиграмо Бога! Велика несрећа!

„Гледајте да се молите чисто и сабрано, да не згрешите. Ако и паднете, знајте да је то Господ на вас допустио да би вас смирио и опоменуо да стражите. Пут ка смирењу често носи многа сагрешења како би човек видео своју немоћ, сву своју блатњавост! Зато, нико да не очајава кад посустане у борби са својим страстима ма колика да је тежина учињеног греха! Сећајте се милости Божје и свака замка у коју упаднете нека вас окрене даљем, упорнијем подвигу. Тражите опроштење у покајању, јер га једино тамо можете пронаћи. Немојте одбацивати муку и трпљење од себе. Не будите неразумни, јер свака мудрост, свака реч утехе изнедрена је из срца које је осетило и истрпело бол. Оно се несебично даје другима не очекујући плату за труд свој. Дајте другима и онда када вам не траже, јер већа је радост давати него узимати. Останите у љубави и не одступајте. И зато, ако видиш брата да је згрешио па се каје, не подсећај га на учињен грех, јер тиме и ти чиниш грех. Опет, ако се не каје, а ти ћутиш, љубави према њему немаш и остављаш га у окову. Видиш ли некога кога мучи демон чамотиње, бар задржи своју радост у себи да је он не примети па да падне у још већи очај! Укрепљуј, у обавези си према ближњем! Радујте се тренуцима богомислија и чувајте пламен чисте и усрдне молитве. Нека вам она буде узглавље! Не дајте се на оштрицу туги. Ако и тужите, тужите зато што сте слаби. Тада ће се ваша жалост окренути на радост, како каже апостол. Човек треба да превазиђе сваку своју слабост како би у том труду задобио венац! И нека се заглуше све харфе на којима је ђаво засвирао душепогубну арију зла, мржње и хуле на све што је свето! Амин и дај Боже."

Свака реч старца Јустина суво је злато! И сам кушан, знао је за људске слабости. Заиста, тако је силно укрепљивао сваком својом беседом.

Мирис тамјана, заостао при литургисању у пукотинама вековних фрески, сведочи о још једном искораку ка небу. О оном што не пролази већ заувек остаје. О вечности која траје онолико колико се за њу молимо, а у манастиру Христа Пантократора, молитва не престаје.

„Знам да сам преступио многе законе! Искрен сам када кажем да ми је давно истргнут унутрашњи мир. Лакше ми је било чак и да пренесем читаву планину на леђима него да сачувам душу у тишини, која је угодна Богу. Човек је та величанствена химна, која, иако испевана истим речима, увек другачије звучи! Једна тајна, а питања су бројна! Само кратак трепет, а времена је много! Схватам важност старчевих речи да свако треба да проживи оно за шта је призван, и да све што чини, чини у право време, јер је оно само једно. О, како је он убедљив док говори! И верујем да му је свака реч сам благослов, стуб утехе и укрепљења. Очајавао сам и попуштао под тежином свога греха мислећи да ми је Бог заувек окренуо леђа. Какве ли заблуде! Прелести! Нисам знао за искрено покајање које једино може сасећи свако сагрешење и сваку страст у самом корену. Нисам имао... Нисам могао... Нисам...”

И ту је застао. Остао без нити која повезује мисли. Аљоша, раб Божји. Изгубио је плодоносан унутрашњи разговор, али Госпог никада не оставља човека без игде ичега! Добио је благодатни дар плача. Јецао је због својих слабости и учињеног греха. Заштићен сузама од лукавих стрела демона није ни приметио да је остао сам са оцем Јустином. Зачуо је како га неко зове познатим, души пријатним гласом, по имену:

„Аљоша, устани чедо!”

Изнад покајника стајао је духовник манастира Христа Пантократора. Старац Јустин који се никада није сре о са Аљошом, а позвао га је по имену! Име је велика моћ, значајан белег!

Одвојивши колена од манастирског пода, Аљоша је покушао да пронађе речи којим би се ослободио своје збуњености и неверице. Придигао се и напокон изустио:

„Оче, али откуд ви знате...?”

Прекинуо га је благи осмех, топлина старчевог загрљаја и смиреност у речима:

„Нека, сине. Не знам ја. Бог зна, а ја се само трудим, и то не увек ревносно, да не потрошим узалуд, дарован ми талант. Питаш ме откуд ми дар прозорљивости? Питаћу и ја тебе нешто: Одакле теби сузе покајања? Од Кога дођоше?”

Тишина. Мир испуњен радошћу. Аљоша је осетио да је само у једном дану добио много благодати. И одговора. Добри стражар Христов, отац Јустин, осмехну се, пригрли га још једном као рођено чедо и настави:

„Од Бога је све, Аљоша! Све што је добро, људском уму знано и незнано. Ум ти је човечији непоуздан, колебљив! Вера је крепка, силна. Дело вере је и исповест, то знаш. Сагни главу и говори, душо!”

Исповедао се дуго. Тежина греха позната је само Богу, Аљоши, и ономе који га је разрешио. Зар то треба да зна још неко? Коме то није доста својих падова и промашаја? И шта је важније, знати у чему је неко сагрешио или да ли се искрено покајао? Хоће ли неко да изобличи Аљошу, да га осуди за учињен грех? Од тог фарисејског хлеба нико сит остао није!

У побожном страху Аљоша је кренуо ка улазним вратима манастира, Калистовом рукодељу. Напољу је провејавао ситан снег падајући обазриво, тихо и помало бојажљиво, на вековима уназад освештану земљу по којој и сваки раб Божји крочи мирно, поштујући сваки педаљ светиње. Испред ситних пахуља море као да је узмицало. Као да је покушавало да се скрије, истина невешто. Море, дубоко као Аљошин исповеђени грех, чисто као сама исповест! На стази која се спуштала ка морском плаветнилу, срео је старца дуге браде. Запуштеног изгледа и једва уочљивог покрета суве руке. Тек толико да бројаницу може окретати без престанка. Дубоко скривене у дупљу, очи су му блистале неописивом радошћу и топлином, као стакло на јутарњем сунцу. Неком за људски ум непојмивом светлошћу. Дуга коса, замршена и бела, као да је увијала у себе молитву са старчевих усана. Аљоша га тихо поздрави и продужи даље, надахнут искреном побожношћу која је штитила овог угодника Божјег. Корачао је лагано. Сигурно. И мисао му је била таква:

„Требао сам храбро стати на пут подвижништва. Нисам кренуо чак ни страшљиво. Могао сам отићи међу људе од врлина. Ретко сам тамо стизао. Желео сам да одем у манастир Христа Пантократора. По Божјој милости, ево ме. И на путу подвига и међу врлинским монасима. Оно за шта никада нисам имао смелости и довољно добре воље нашао сам овде. И водич за пут Богу мио и људе у црним мантијама, те анђеле Божје још за време овог нашег земаљског странствовања, који су ме повели. Сада могу да остенем овде. Могу и да одем, али волео бих да се поново вратим. Радоваћу се, ма шта да одлучим, ако уопште било шта ја и одлучујем! Све је добро док не говорим о себи, јер уистину, не знам ни чиме бих се похвалио. И да имам чиме, није ми на корист. Зато ћу устима ћутати. Говорићу са откуцајем срца, дубоко у себи. Господи, помилуј. Господи, помилуј. Господи, помилуј...”

КРСТОВДАН

Шум кукуруза, освештан мирисом босиљка, смело говори топлој црници са које је поникао о лепоти и радости живота. На небу, два су облака сабрала исту намеру и начинили Крст који се уздигао над земљом. Опомиње нас и подсећа на највећу, Христову жртву. Казује да је пут свакога од нас испуњен страдањима, али и радостима, које читавом човековом животу дају равнотежу.

Још понека, давно презрела шљива, пркоси са гране, иако ће, можда још сутра, отпасти и иструлити на земљи. Углавном је тако и са човеком. Он је поносит и готово уверен да увек управља својим приликама, а смрт увек истраје у своме и пресече ту нашу надменост. Закон живота доноси смрт и једино се она не може избећи. Али, победити се може и треба!

Узрели плод малине други пут, у истој години, говори о величанствености и лепоти живота. О љубави свемогућег Господа који нам преко природе, Његове премудре творевине, показује да смо рођени за вечност. За радост и васкрсење. Али, и да ћемо страдати.

Ко може избројати све човекове ломове душе и ноћи у којима је ослоњене главе о дланове дочекивао ново јутро? Без одговора и са истим оним питањем од претходне вечери! Са неизвесношћу која га увек прати у стопу. Са неком новом загонетком.

Човек се пита, хоће да зна о себи и Богу, али неке одговоре као да је Васељена сакрила у своја недра. Трагати за њима, углавном је равно покушају да са крошње дрвета дотакнемо звездано небо. Ипак, ми га толико волимо, ка њему идемо, иако свесни да је далеко од нас.

Тешко је успети се на њега. Није и немогуће. Многи то и покушавају. Јер, оно носи тајну човековог постојања. На њему је исписана свака жеља нашег срца. И сваки уздисај. Молитва. И зар није лепота, та нит која повезује све људе, управо у нашој тежњи да се о бесконачном смислу сазна барем тај један педаљ? Ако се пут откровења тајне живота мери миљама, није узалуд начинити и ту једну стопу, јер управо она показује нашу решеност да стремимо вечитом добру. Нашем Творцу.

Они који трагају срцем, проналазе ту радост и смисао наших треперења на небеском своду. Истина, сваки је човек само кратак блесак једне звезде која убрзо згасне. Али, ко нам даје за право да у свом животу не засијамо том чистом светлошћу којом је могуће и читав космос обасјати?

Свака тајна са собом носи и траг по ком се може трудом открити. А одгонетнути смисао наших живота, ко смо и куда идемо, успех је и радост онима који су на трагу истине. Ко гледа срцем, а не очима, није далеко од оног најважнијег — од Бога и човека!

Годинама је мисао о монаштву сазревала у Константину. Баш као црно грожђе на пријатној топлини сунчевих зрака. Будио се са молитвом на уснама, величајући славу Божју. У дубини душе осећао је притајену жалост, јер добро му је било познато да свет устоличава и признаје углавном људе лошијег карактера, а упорно из себе истискује све оне који га покушавају променити набоље својим примером и идејом.

Читао је Јеванђеље и у њему проналазио све што му је било потребно за живот. Снагу, како би одолео искушењима. Утеху када би га због његове вере прогонили. Знао је за Христове речи Апостолима, којим је јасно посведочио да они нису од света и да их због тога тај исти свет и не може волети. Како њих, тако ни било кога другога ко је срцем уз Христа. Чврсто и непоколебиво. Константин је такав. Младић распет од људи које искрено љуби. И свима опрашта.

Није лако у трњу препознати ружу која треба да испупи. У страдању, колико је оних који виде радост, ишчекујући васкрсење? Константин је свако искушење од људи прихватао као проверу чврстине своје вере. И без роптања. Надао се лепоти обећаног живота и због тога је лако подносио све чекајући ту ружу, Царство Небеско, да испуни још овде. На земљи. У трњу страдања. А онда да процвета у вечности.

Сваки Крст доноси бол и трпљење. И сви су тешки, али ни са чим сравњиви су они на којима нас разапињу наши ближњи. Тај бол нема меру и иза себе оставља дубок траг. Бити поруган од најмилијих, исмејан и унижен, одбачен, зар има горчег јада? То не могу поднети сви. Не могу чак ни многи, већ једино искрени и непоколебиви, који верно остају увек на страни добра, милости и праштања, ма колико да су шибани!

Константин је младић од вере. Научен шта је смисао живота. Кротак је и тих. Обично сам. У друштво многоговорљивих не залази. Ноћима ослушкује када ће неко од монаха из оближњег манастира ударити у клепало како би устао из постеље и пошао на полуноћницу. Искрада се из дома, јер за његовог оца и мајку искрена вера у Христа је, авај, промашај и дангубљење. Одрастао је без довољно љубави, ломан и меканог срца поставши. Никада не тражи своје. Углавном ћути, јер не жели да у разговору осујети било кога, па чак ни оне који без икаквог реда износе своја крива убеђења и тако и њега нападају. Њих поштује, али не и оно што они говоре, јер све што нема поредак, што не служи истини, Константин је давно презрео. Никада не доказује тим људима да је у праву, чак ни када га стану вређати. У себи носи велику смиреност и усправно подноси све, увек ћутећи. Начини им мали наклон, отрпи чак сваку поругу и брзо се повлачи међу гомилу књига које ревносно чита препознајући мудрост у њима. Добро му је познато да нема залуднијег посла од убеђивања других у било шта, јер човек претерано поштује себе и своје убеђење чак и онда када схвати да греши. И зашто онда другима да доказује своју исправност кад људи заиста могу поднети много, али напад на своју личност, то никако. И сви држе да су исправни, праведни и мудри, зато и јесте право чудо показати им да то и није баш тако.

Константин добро познаје човека и његове слабости, јер најпре је себе упознао. А онај ко успе себе да пронађе, траг до своје душе, неће му бити тешко да дође и до сваког другог. Прозирати у своју и душе других људи, велики је дар. Понекад је и још већи Крст, јер такви обично остају одбачени. Чак и од оних са којима их је крв везала!

Није добио благослов од родитеља да оде у манастир и тако остави за собом све оно што му готово ништа и никада није пружило. Читав тај свет обманут некаквим шареним перјаницама у којем је мало било искрене љубави. Због свега тога желео је да оде из њега. Осећао је да му душом не припада. Не, није очајавао. Он није хтео да побегне већ да једноставно оде тамо куда га срце води. Волео је манастире. Монаштво. И молитву.

Био је повређен до те мере да му је унутрашњост крварила. Натоварен поругом само због тога што је искрено веровао у добро, дуго је остао као бели монах у свету молећи се за све оне који су га гонили без разлога. За оца и мајку. И многе друге. Једино љубав може све да разуме и опрости, а Константин је читаво своје биће обухватио њоме.

На Крстовдан му се упокојио отац. Млад је остао само са мајком коју је требало некако утешити, а и сâм је дубоко патио. Бол у грудима се надимала, опомињући на губитак вољеног човека. Са заласком сунца палио би свећу на још увек свежој хумци молећи се Богу да по својој великој милости озари душу неокајаног му оца. И страдалног. Константин је упамтио сваку капљу зноја којом је отхрањен, али због чега му се отац толико противио његовом одласку у манастир, никада није сазнао. Није ни наслућивао. Због чега му је толико мрска била и сама прича о Богу?

Константин је добро знао да се о онима које волимо требамо бринути и после њихове смрти. Ноћима је дуго стајао на молитви. Молио се за опроштај очевих грехова. Готово је и заборавио на сваки лом душе и на дане у којима га је отац исмевао због његове вере и жеље за монашењем. Љубав са собом доноси и страдање, а страдати од оних који су нам најближи, па им онда опростити, значи имати велику љубав у себи.

Након очеве смрти, био је нарочито нежан према мајци Јелисавети. Трудио се да јој својом брижношћу измами бар понеки осмех са лица. У почетку, све је било узалуд. Чак ни речи нису помагале. Понекад су и оне немоћне. И као да је свака погрешна. Свежу рану тешко је зацелити, а трагови од ње остају заувек!

Мајка му је трпела оштар бол, до тада непознат. Тешко је било доћи до њене душе у тим данима, јер патња тражи самоћу. Брачност је велика, Света Тајна. Чврста свеза, која олабављена смрћу вољеног човека, доноси празнину и дрхтај срца. Оног од кога јој је увек долазила помоћ више нема и тешко је мирити се са тим. Живот гони напред и временом човек схвати да и он мора ићи у стопу са њим.

Јелисавета је ноћима стајала уз прозор. Кршила је руке и јецала. Расејано гледала у беличасту светлост кандила које је непрекидно горело на гробу вољеног супруга. Мршавим рукама враћала је понеки прамен запуштене косе који се искрао испод неспретно повезане, црне мараме. Није обраћала пажњу на свој изглед. У патњи не видимо своју спољашњост. Оно што је унутра боли, надима се до свог врхунца, а онда лагано, након много времена, спласне као пробушен мехур.

Тако је било и са Јелисаветом. Следеће године, на први Крстовдан након мужевљеве смрти, из њеног лица избијала је нека нарочита јачина и вера. Чак радост. Истина, још увек скромна. Након парастоса супругу, узела је Константина за руке и тихо му прошапутала:

„Нема човека без патње, нити патње без човека, сине. Пролазе обоје. Али, човек васкрсава! Васкрсење је победа живота над смрћу и најважнији циљ свакога од нас. Ми смо рођени за вечност. Са нама умиру једино свака наша патња, страдање и бол. Ми, не! Сада схватам твоју велику жељу за монашким путем и знам да је твој отац и сада жив, јер се за њега молимо и ти и ја. Из љубави. А она не зна за границе. Не умире. Она је вечна! Да није тако шта би мене сачувало од очајања у години у којој сам рано остала удова?”

Константин је пажљиво саслушао сваку њену реч. Покушавао је да схвати одакле је долазила сва та њена јачина и велика вера коју раније није препознавао у њој. Помало збуњено, тражио је одговор у њеним очима. Јелисавета се само простодушно осмехнула, замоливши га да крене ка дому и да је тамо чека. Желела је да остане сама на гробу супруга.

Не, није плакала. Тихим гласом молила је Господа да буде милостив њеном мужу. И да му опрости све. Подигла је руке ка небу како би заблагодарила што је поднела сав бол. И тугу. После толико патње, ипак, веровала је у живот. У вечност. У смисао постојања сваког човека.

Отворила је очи и угледала изнад себе златни Крст. Изненађена и помало уплашена, помислила је да је ипак само привиђење. Крст је стајао на истом месту. Зажмурила је поново и помолила се Господу како не би остала прелешћена. Отворивши очи уверила се да је Крст још увек ту. Осетила је велико олакшање, јер више није била у недоумици од кога јој је виђење дошло. Била је спокојна. У њој се раширила нека пријатна и до тада непозната топлина. Смирено је оборила поглед. Прекрила је очи рукама и клекла на земљу.

Божја откровења за нас су прејака и ми их само у некој мери можемо примити. Сетила се како су Апостоли попадали у страну на гори Таворској када се Христос преобразио, и како су се придигли тек када их је Он позвао. До тада су лежали непомично, устрашени од силине виђења. Јелисавета је зачула глас изнутра који јој је говорио да устане и да поново погледа на место на ком је стајао златни Крст. Изнад ње било је само небо!

„Шта би ово могло да буде? Крстовдан је данас. И златни Крст на небу. Зашто сам га само ја видела? Зашто се појавио тек кад је Константин отишао? Ово је сигурно порука за мене, али која?”

Јелисавета је остала збуњена. Прекрстила се и пошла низ воћњак. Пажљиво је убрала неколико прелепих јабука, а онда журно наставила ка дому. Благодат је тихо шапутала у њој. Пожелела је да што пре загрли сина и да са њим подели ову своју радост. Ипак, одлучила је да му не говори о виђењу златног Крста, јер ни сама није знала његово значење.

Пролазила је између родних стабала јабука. Јесењи зраци сунца косо су падали на њу. Размишљала је о тајанствености онога чега је удостојена да види. Ма колико се трудила, није успевала да мисли окрене у другу страну.

„Биће да је ово Божји призив! Константин већ годинама живи као монах у свету и можда бих још данас требала да му дам благослов за одлазак у манастир? Због тога сам и видела Крст и то баш данас, на Крстовдан? Тачно на годину дана од мужевљеве смрти! Он је волео Константина, али баш као ни ја, ни он није хтео да благослови његов пут. Никада. Можда би то сада и он учинио да је жив? Можда сам баш на овај дан имала виђење како би разумела да би то, заиста, и он учинио? Али, зашто Крст? И то још златни?”

Покушавала је да пронађе бар неки одговор, али узалуд. Оно што је свише, одозго, обично превазилази људски разум. Тек много година касније Јелисавети је све било јасно када је измолила Господа да јој открије тајанствено значење тог златног Крста. У томе и јесте снага и величина истрајне молитве. Божји промисао једино тако можемо разумети. Молитвом, никако другачије!

Готово нечујно ушла је у дом. Одмах је ставила јабуке у најлепшу корпицу, а њу на сто. Ушла је у Константинову собу, а он, уморан, већ беше заспао.

„Имаћу времена да га обрадујем топлим хлебом када се пробуди. Он то највише воли. Сешћемо за сто, ручати, а онда ћу му рећи да је сада и моја жеља да оде у манастир.”

Јелисавета је тражила начин како да саопшти сину да има њено одобрење да крене монашким путем. Чврсто је одлучила да данас то и учини. Он на тај благослов годинама чека.

Ватра је пријатно пуцкетала у заложеној пећи. Ставила је хлеб да се пече верујући да ће све уредити што је наумила док се Константин не појави на вратима своје собе. Повукла је драперије у крајеве прозора како би светлост несметано падала на сто за којим ће њих двоје ручати. Донела је кадионицу и тамјан и ставила их украј Константиновог тањира. Трудила се да све буде онако како то он воли. Све је чинила са пуно љубави знајући колико он жуди за њом, колико му је била потребна у годинама које су остале иза њих. Ни она, ни отац, нису му је пружили довољно и то је мајку сада јако болело. Чак га ни она није разумела тада.

Није успевала да уђе у дубину његове душе испуњене мислима о Богу. Много пута га је и она повредила, иако је осећала његову рањивост. И као да је због свега тога сада намерила да тражи опроштај од сина па је са великом топлином припремала све.

Када је врућ хлеб замирисао на пажљиво постављеном столу, на вратима собе појавио се Константин. Одмах је приметио да је трпезарија пријатно светла и да је мајка све уредила како би обрадовала његову душу. Осетио је мирис хлеба и то га је одмах расанило. Благо се осмехнуо мајци, пољубио је и пришао столу. Понекад осмех и дирљив поглед више говоре од било које речи!

Узео је кадионицу, пришао пећи и из ње узео мало жара. Вратио се столу лаганим корацима. Прекрстио се и тихо изговорио кратку молитву пред обед. Густи дим тамјана остављао је танке обрисе на златним зрацима јесењег сунца. Заблагодарили су обоје Богу, а онда достојанствено сели за сто. Погледи су им били топли. Осећали су да је овај дан за њих значајан, и због тога, било је јако тешко и једном и другом да отпочне разговор. Јелисавета је узела једну од оних јабука из корпе, и окусивши, прекинула је тишину.

„Сочне су. Мало презреле, али укусне. Убрала сам их у нашем воћњаку. Знаш, у оном кога је отац засадио док си ти још увек био дете. Узми, за тебе су.”

Изгледало је као да је пресекла о нечем врло важном, одмеривши сваку реч. Константин је, захваливши се уз нежан осмех, и сâм узео један плод и примакао га устима. Имао је потребу да каже и он бар нешто.

„Толико је лепоте у златну јесен. Ове јабуке су нарочито слатке. Можда баш због тога што су из нешег воћњака? Човек се некако најлакше веже за то своје и оно му се чини посебним. И хлеб тако нестварно мирише. Примећујем, све је пажљиво припремљено, али зашто? Зар овај дан треба да буде због нечега посебан? Годину је дана од очеве смрти, знам. Али чему твој оволики труд да мени буде пријатно?”

Мајка је ћутала не скидајући поглед са Константинових очију у којима је у последње време проналазила велику љубав и мудрост. Била је задовољна, јер разговор о нечем врло важном коначно је започет. Осетила је велико олакшање.

Када се говори о нечем јако битном, најтеже је у почетку док се тражи ма која реч како би се њом пресекло ћутање. Било која реч, па макар и безначајна, а сама битна ствар касније стане у свега неколико реченица. Тако је са човеком. О ономе што је важно он говори са тешкоћом и кратко.

Јелисавета је оборила поглед, скупила кошчате руке и дубоко уздахнула. Као да је крајње озбиљно размишљала о свакој наредној речи коју је требала изговорити. Чврсто је одлучила да виђење златног Крста пређути, али није знала на који начин да саопшти сину да одобрава његов одлазак у манастир! Ћутати и скривати нешто тако велико као што је Јелисаветино виђење, велики је дар. Али, пронаћи те разумне речи о нечем исто тако важном, о Константиновом одласку у манастир, неоспорно је још и већи! Како да му саопшти да одобрава његов пут? Знала је да ће то бити јако тешко и због тога јој се душа толико мучила.

Уздахнула је поново. Овај пут још дубље. Благо је угризла доњу усну. Са великим напором широко се осмехнула вољеном сину. Не због тога што не жели, већ из разлога што је била свесна јачине речи које мора изговорити, а тада је јако тешко бити насмејан! Ипак, мајци је чак и то могуће!

А онда је допустила свом срцу да изнесе све, јер једино је оно могло то учинити. Оно говори једноставно. Можда мало, али најлепше! И најискреније.

„Сине! Радости моја! Знам, повредила сам те много пута. Увек када сам те, можда чак и грубо понекад, спречавала да одеш у манастир. Али, знај и ти да мајка повређује једино из своје слабости. Упамти то! Не тражим себи оправдања, али ја тада нисам имала снаге да свог јединог сина посветим Богу. Нисам имала чак ни разумевања за твоју јаку веру, признајем. Није ни отац. Временом сам схватила тежину твог Крста од кога су ти леђа остала нажуљана. Ми смо ти га натоварили и мене то сада, када то схватам, јако боли. Не тражим да нам опростиш, јер знам да је твоје незлобиво срце то одавно и учинило. Ја не тражим више ништа. Ти си ме научио да дајем и да у томе будем срећна. Да сине, ти!

„Ти си увек понављао да је радост у давању. Да узимање без потребе само жалости срце. Много времена ми је требало да то разумем. Ја сам те све ове године себично заустављала како не би кренуо путем којим те је срце водило. Али, шта сам ја тада знала? Једино ми је било важно да ја будем задовољна, а како је било теби унутра нисам ни наслућивала. Нисам била научена да дајем, и зато се и само узело од мене. Изгубила сам мужа. Нисам те посветила, дала Господу, и остала сам млада удова. У том болу схватила сам живот. Тебе. Божји промисао за нас. И тек тада сам могла бити први пут радосна, јер сам поверовала у васкрсење и осетила још већу љубав и према теби и према оцу. За њега се ноћима молим, а теби сине, дајем благослов! Још данас крени у манастир и упамти да је то сада и моја жеља. Буди добар монах и затражи благослов од игумана да сваке године, на Крстовдан, изађеш на очев гроб и запалиш му свећу. Само те за то још молим!”

Константин је дуго ћутао. Покушавао је да разуме оно што је већ одавно приметио код мајке — њену велику унутрашњу промену. Заиста, живот се у нарочитим околностима тако лако може изменити. Радовало га је што му је мајка, истина тек после великог губитка супруга, разумела смисао свог и сваког другог живота. Дуго је гледао у њене очи, блиставе од искрене вере. Није проговорио ни речи. Био је задовољан. Немерљиво радостан.

Растали су се истог дана, али у духу су остали заједно. У молитви. Константин је убрзо пострижен у монаха Калиста! На постриг му је дошла и мајка. То је био једини Јелисаветин одлазак у манастир у којем јој се син подвизавао. Након тога, никада више њена нога тамо није крочила! Тако се заветовала Константину. Није хтела да га омета у његовом подвигу!

Виђали су се једном годишње, увек на њихову крсну славу. Калист би одлазио у његов некадашњи дом, ломио славски колач са мајком и читао молитве. Мало би поседели, разговарали о њеном животу и самоћи.

Никада се није жалила. Говорила је како јој самовање не смета, чак да је и радује! Ако би се понекад и ужелела друштва, одлазила би код некога од пријатеља на шољу чаја, тек да је не забораве.

Много је времена проводила у молитви. Недељом је редовно одлазила на Литургију у сеоску цркву. Никада није каснила! Тихо је појала за време службе и то тако лепо да су они који би стајали поред ње, са дубоким уздасима, пратили сваки њен глас. Покушавали су да је убеде да приступи црквеном хору. Узалудно. Увек се нечим изговарала. Једноставно, имала је место у цркви где је увек стајала и није желела да га мења. Стајала је позади, у близини врата. Скрушено и погнуте главе за време читаве службе. Толико је било њено смирење.

Калист је у манастиру изграђивао своју личност Божјом благодаћу до пуноте сваке врлине. Радосно је подносио свако искушење знајући да трпељивост рађа смирење и да спашава човека.

Игуман је био човек строгог карактера, али према Калисту се опходио са великом благошћу. Не због тога што је монах Калист узмицао пред нечијом строгоћом! Разлог је био сасвим другачији. Строг карактер држи у послушности оне који још увек нису достигли праву меру смирења. Противи се гордима и подсећа их да се самоунижењем улази у Царство Небеско! Никако преузношењем и попуштањем нашој вољи да чини са нама оно што хоће. А ако је неко годинама у свету подносио увреде, праштајући свима и волећи подједнако све, зар се у њему може наћи чврста жила самољубља и гордости?

Калист је љубав. Врлина. Икона чврсте вере. Неуморни критичар своје личности. Па зар је таквима потребан нечији строг карактер као путеводитељ ако су сами најстрожији над собом! Због тога је игуман, готово од самог Калистовог ступања у братство, био необично благ према његовом унутрашњем лику! Лику велике милости према другима. И разумевавању свих.

Покушавао је да сакрије своје врлине од других монаха. Али, ако неко искрено носи у себи оно што је свима толико нужно, а доброту пре свега, зар је могуће да остане непримећен? Ако очи блистају разумом, а срце воли свакога подједнако, оно ће привући сваку душу која вапије за истином!

Због тога се много света сабирало у манастир у којем се подвизавао. Сви су хтели да виде тог скромног калуђера чије су мисли увек биле на небу и кога је и сам игуман дубоко поштовао! Калист је мало говорио. Али, у себи је носио речи које би свакога ко их чује управиле на пут покајања. Његова племенита душа била је највећи говорник када је ћутао! Не изговоривши ниједне речи у свима би пробудио искрену жељу за исправљањем дотадашњег живота. Својим примером најбоље утичемо на друге и ту лицемерја нема! У очима му је увек блистала велика радост. Волео је живот. Све људе. Највише Бога.

Калист није заборавио на обећање које је дао мајци када је напуштао свет. Од игумана је, очекивано, добио благослов да сваке године, на Крстовдан, излази из манастира како би оцу запалио свећу на његовом гробу.

Прве године, стојећи на молитви, Калист је приметио парче папира поред Крста. Било је притиснуто невеликим каменом. Није обраћао пажњу на њега. Прекрстио се, пољубио свећу. Запалио је и истањеним прстима ставио на гроб. Видео је траг од недавно истопљеног воска.

„Мајка је то већ учинила”, закључи.

Нешто га је ипак вукло да ипак поново погледа у папир и склони камен са њега. Узео га је у руке и прочитао поруку написану Јелисаветином руком:

„Што је Крст тежи, душа постаје лакша, сине! Носи га храбро, јер велика је награда. Затражи благослов од игумана да дођеш на славу. Заједно да ломимо колач. Уредиће Господ да се тада видимо.”

Калист је дубоко размишљао о свакој речи поруке, а онда, дубоко уздахнувши, пресавио је папир и ставио га у подрасник. Помолио се још једном за покој очеве душе и кренуо назад у манастир.

Тридесет и две године Калист је на Крстовдан излазио из манастира и на очевом гробу налазио поруку истог садржаја. Истих речи. Јелисаветину. У свакој тој години испунио је мајчину жељу и одлазио да са њом ломи славски колач. Никада је није упитао због чега оставља поруку! Ни она је није помињала!

Живели су молитвено. Он у манастиру, а она у дому у којем га је родила! Растављени сваким даном, изузев оним када су заједно прослављали своју славу, Светог Николу.

Јелисавета је у својим молитвама имала и једну посве посебну и значајну. Молила се усрдно да јој Господ открије значење златног Крста кога је видела у онај дан. Одговор се није спуштао са Светог неба, али она је остала истрајна у молитви.

Те тридесет и треће године од Константиновог одласка у манастир, у ноћи препуној звезда, у ноћи радости и сјаја, уснила је сан. Развеселио јој је душу као старо вино. Сладак као мед. Дуго ишчекиван.

Седамдесеттрогодишњој старици Јелисавети у сну се јавио сам архангел Гаврило у великој светлости. Носилац радосних вести. У руци је држао исти онај златни Крст кога је Јелисавета угледала пре толико година изнад мужевљевог гроба. Мило, као што то увек чине анђели, објавио јој је тајну њеног давног виђења.

„Радуј се, Јелисавета! Овај Крст у мојим рукама намењен је Калисту! Твоје мило чедо Бог је изабрао за владичанство. Скроман, ускоро ће бити хиротонисан!”

Након ове чудне посете у сну, Јелисавета је данима плакала, радосна. Благодарила је Господу што јој је услишио молитву и открио тајну њеног виђења, и што је њеном сину обећао толику част! Осећала је близину своје смрти. Јутром је све теже дисала, а ипак, била је спокојна. Радовала се величини Калистовог призвања, али била је и сигурна да га неће видети са митром на глави, јер ће је смрт у томе спречити. Њени земаљски дани готово да су сви избројани, знала је то. Причешћивала се свакога дана и писала своју последњу поруку сину. Крстовдан се поново ближио!

Те године, са великим напором, изашла је на супругов гроб. Неколико пута је застајкивала тражећи ваздуха. Болест јој је озбиљно запретила. У једној руци тискала је папир са последњом поруком коју оставља Калисту. У другој је држала воштаницу намењену супругу. Стигавши на гроб, пала је на колена и ставила поруку украј Крста. Упалила је свећу тихо изговоривши молитву за покој мужевљеве душе. Овај пут је заплакала! Више него икада осећала је своју скору смрт. Погледом је миловала парче папира на којем је оставила последњу поруку Калисту. Тешко је удахнула ваздух, још једном заблагодаривши Богу што јој је открио значење златног Крста. Прекрстила је руке, зажмурила и тако уснула. Заувек. На Крстовдан!

Калист је и те, тридесет и треће године, стигао на очев гроб после Јелисавете. Учинило му се да се она моли, јер су јој руке биле прекрштене преко груди. Пришао јој је лагано и накашљао се како је не би уплашио. Помиловао је по образу. Није се померила. Очи су јој остале затворене. Лице благо. И хладно. Схватио је да му се мајка упокојила истог тог јутра. Ту, на очевом гробу!

Заплакао је. Грчевито се борио да не изгуби ваздух због јаког бола. Стискао шаке. Рукама је ухватио Јелисавету за рамена и тресао је. Узалуд. Ништа је није могло вратити у живот.

Придигао се и подигао руке ка небу молећи се Господу да прихвати душу његове мајке. Дуго је плакао. Смрт најближих највише заболи.

Подигао је и овај пут камен којим је Јелисаветина порука била притиснута. Помало дрхтавим рукама, ставио је папир у подрасник. Поруку није прочитао. Узео је мајку у наручје и однео је у дом кога више није могла препознати.

Читаву ту ноћ бдио је поред њеног тела са пријатељима које је она много волела. И који су волели њу. Није престајао да се моли за покој њене душе. Читајући молитве, тихо је јецао.

Сахранили су је поред супруга. Свима је остао урезан у сећање њен благи лик са којим се упокојила. Калист је затворио сандук. Спустили су га и засули земљом. Погреб је завршен. Сви су уздисали за добром душом!

Калист се истог тог дана вратио у манастир. Чврсто је поднео смрт своје мајке. Прилично монаху који зна за васкрсење! Молио се за мајку данноноћно. Сабрано и тихо.

Неколико дана након Јелисаветине смрти, Калист се присетио да му је непрочитана порука остала у подраснику. Раширио је пресавијен папир и почео читати.

„Калисте! Сине! Годинама сам скривала од тебе тајну о виђењу које ми се открило пре тачно тридесет и три године. И то баш овде где ти увек на Крстовдан остављам поруку. Нисам ти је раније могла саопштити, јер ни ја је нисам разумела. Видела сам златни Крст изнад себе. Величанствен. Сјајан. Присети се, пожелела сам да останем сама на гробу твога оца, а тебе замолила да ме чекаш у дому. Од тог Крста долазила је велика светлост. Уплашена, затворила сам очи и помолила се да нестане ако је прелест. Отворивши очи угледала сам га на истом месту! Годинама сам молила Господа да ми открије значење мог виђења. Молитва ми је услишена. У сну, јавио ми се архангел Гаврило и објавио радосну вест. Сине, тај златни Крст припада теби. Хиротонисаће те за владику!”

У самом углу папира, још је писало:

„Остављено на Крстовдан мом вољеном сину, монаху Калисту, на тридесет и трећу годишњицу смрти његовог оца. Јелисавета.”

Калист је остао у чуду. Игуман му је већ помињао да ће, сасвим извесно, бити изабран за владику. Јелисаветина порука говорила је све. Прекрио је лице рукама и заплакао. Смирени монах Калист, потоњи владика.

НАЗИРЕЈ

На прозирном небу, откривеном и расквашеном јутром, гаси се још понеки преостали жижак. Још понека звезда. Разгаљено море, под небеским свитком, брижно бди и посматра жутокљуног галеба, занетог у немарној игри. Мирисна трава, заклонила се на обали под истањеним, вуненим облацима. Тако заштићена, поиграва се на ветру и несташно провирује цветним главицама, задиркујући камење тим својим шареним чуперцима. Нежна брига и радост у Божјој творевини. Једно без другог не би постојало. Ни лепота не би била зачета.

Обала још увек дрема. Буди је човек руку уздигнутих ка небу. Нешто полугласно изговара. Стоји на молитви у јутарњој тишини. Замишљен. Човек, тајна вековна. Мудрост му је дарована. Велича свог Творца испевајући му тропаре захвалности. У његовим очима блиста радост и запитаност. Созерцава како Господ брине о својој твари и даје јој лепоту. Велика вера је у овоме човеку, игуману манастира Христа Спаса. И решеност да поживи у добрим делима. Она откривају велике људе. Молитва му је покров од искушења. Господ, уздање и снага.

Замонашио се још у раној младости, презревши велико богатство што је добио у наследство. Често је говорио како новац лако од човека може да направи духовног сиротана и како је једино, истинито богатство, у делима милосрђа. Боље је бити просјак чистог срца него зли цар кога никакве почасти неће спасити од осуде за његово неверство и рђава дела.

Готово већ пола столећа је настојатељ велике обитељи, испуњен ревношћу за истину и веру отачаства. Духовник многима. Крманош кроз бројне житејске теснаце. Остајао је у разговору са људима сатима. Никада никога није оставио без утехе. Ако би некога и прекоревао због учињеног греха, чинио је то обазриво и благим речима. Знао је да је људска душа мекана и рањива, и да се према њој треба односити са пуно искрене љубави. Жртвовао је своје време како би помогао невољним, јер сматрао је да је дело љубави испред молитве. Непоколебиви следбеник апостола и Јеванђељске љубави. Прозорљиви старац и испосник.

Од свега највише је волео да након Литургије благосиља децу и да се чак понекад са њима и поиграва под манастирским дрвећем. Смишљао им је увек нове, безазлене игре, како би их сачувао од оних које им прљају чисте душе. У његовим рукама увек је било бомбона. Давао их је само једном детету, а онда њему говорио да подели са осталим. Учио их је тако да не буду себични и разгоревао тај пламен љубави, најчистији у детињим срцима. Жалостио се увек када би чуо некога да их окривљује за било шта. Говорио је како смо им ми, одрасли, рђавим примером искварили невине душе и да смо ми криви за сваки њихов несташлук.

Сунце стидљиво открива своју раскош презрелог лимуна. Од њега одежда овог праведника постаје блиставо светла. У даљини забрујаше звона. Опомињу да човек треба да размишља о свему што чини у свом животу и да се труди да му дела буду праведна и добра. Да прослави Господа и да се нада Царству Небеском. Призивају свакога на саборност и заједничку молитву. Заблагодаривши Богу, игуман Николај спусти давно подигнуте руке, прекрсти се и крену.

Дугим корацима иде у сретање звонима. Велики човек тако ходи, јер је жив отисак времена кога освећује својим духом и молитвом. Корача брзо, а мисли лагано. Код неразумног човека то је сасвим другачије — он лењо, споро и са досадом корача, а расуђује у журби и непромишљено, онако по свом.

Игуман Николај се осврће. Застајкује. Ослушкује говор таласа, или увесељава душу сећајући се да је остало много урезаних стопа његових предака на освештаној стази којом сада он корача према храму? Сви су служили Богу и роду, у манастиру чији је задужбинар деда његовог деде, архимандрит Василије.

Богоборци су наумили да угасе то светило. Да поруше на три века ослоњен манастир Христа Спаса. Сав терет пао је на леђа игумана Николаја. Чврсто се противио таквом богохулном науму. Можда и сада размишља како да уразуми неразумне? Оне што су се дрзнули да поруше светињу? Зар да избришу и сваки траг покровитеља ове велике светиње, његових дедова — претходних настојатеља овог манастира, тако што им се више неће знати ни место где им кости почивају?

Лице му је благо и спокојно, чак радосно. Зар је могуће да се занима тим питањима а да остане тако блажен? Можда у томе и јесте стожер његове величине? Она се најлакше препозна у оним људима што остају мирни и пред великим искушењима.

Отац Николај је посебна тајна. Украшен многим даровима зна не само дела него и мисли човекове. Његове познаје само Господ. Данонорно Му служи. Посвећен. Назиреј чијим је молитвама сачувана чистота у срцима верујућих. Усрдним богомислијем украсио је своју душу, тај бели крин, процветао небеском славом.

Има мисли и дела великих просветитеља што остају записани у векове као опомена или укрепљење. У њима је велика мудрост и користе човеку. Има и таквих мисли, дела, које одлепршају као сова у тиху ноћ, јер нису зачете у једној вишој идеји и служењу Истини, него у неразумним гордељивцима чија је „мудрост” пред Богом лудост. Они само штете и сметају другима. Увек је било тих варљивих учитеља, лажних просјака и порочних људи који се противе Божјем закону и исмевају Светињу. Такви су увек остајали у сени, осрамоћени пред ревносним носиоцем истините речи. Те лажне месије разуман човек неће примити у дом своје душе, ако светлост иде пред њим. Игуман Николај је ишао испред многих војујући за све против лукавстава. Због тога и није било тешко остати неоскврњен усред метежа ономе ко је слушао тог проседог старца у златној одори. Он је знао људске слабости и упућивао на молитву. Тако су се душе спашавале.

Као настојатељ манастира Христа Спаса нашао се пред великим искушењем. Неки људи, којим је Бог даровао висок полажај, углед и моћ, употребили су све то на зло. Решили су да поруше манастир, јер од њега „нису имали никакву корист". Овом својом намером одступили су од сваког мерила људске савести. Међу њима је био и чиновник Александар. Добро је познавао игумана, али га је издао као Јуда некада Христа. Полакомио се на новац који је добио од тих људи и пришао им како би заједно остварили своју користољубиву замисао. Све су то били крајњи безбожници. Они што различитим подлостима долазе до богатства. Увек спремни да лажу и обмањују друге, ако од тога имају било какву добит. Преступници свакога закона, јер су себе стављали изнад њега. У овом случају, ставили су себе чак изнад самог Бога. Однели су допис игуману Николају у коме су тражили од њега да напусти манастир, јер је на његовом месту, како су они наумили, требало изградити дом разврата и свега што је мрско пред Господом. Јаму безбожничку. Такав је био наум ових преступничких духова, али воља Божја је нешто сасвим друго, што су касније и сами схватили. На Њега се не ваља бацати камењем.

Ови људи нису имали страха Божјег. Изругивали су се свему што је Свето. Разапињали су оне што живе честито и што непоколебиво носе Крст мучеништва којим освећују гробове предака, не попуштајући да их зло победи.

Многи, научени да човек не живи само о хлебу, успротивили су се оваквој одлуци оних који трбухом посрамљују земљу коју су добили у наслеђе, мислећи да су њени власници, а не да су је само узели у закуп од Господа. Замка је мислити да су дани богоодступништва остали далеко иза нас, јер за Христа се војује кроз све векове. Сав терет носио је игуман, и за чудо, спокојан и радостан као да манастир желе обновити, а не порушити.

Николај непрестано одмахује главом док се примиче манастиру тихо као сенка. Ударили су поново у сва звона. Дочекују га сви радосно, тражећи да их благослови. Тог јутра, дошли су и они што су Бога прогнали из својих душа. Намерили су да чују игуманову беседу како би окренули смисао његових речи и тако начинили разлог због кога би га протерали. Знали су да би тиме поткопали стуб на којим се манастир држао, и да тада не би било таквих ревнитеља који би непоколебиво изнели Крст одбране те велике светиње. Исти наум су имали и јеврејски законици, лицемери, покушавајући да Христа ухвате у речи за коју би Му судили. Завидни и злобни. Такви су и ови данашњи фарисеји. Презрели су закон Бога живог и сада покушавају да каменују братство, како би изградили то што су наумили, не знајући да би им то била само клетва.

Прилазећи игуману Николају, тобож да затражи благослов, а заправо га кушајући, један од тих ненавидника устукну пред речима:

„Зар да благосиљам онога који се осмелио да руку пружи до неба и да је дигне на самога Бога? Може бити да ће ти остати истргнута, не нађеш ли бар мало разума. Мене кушаш, а Господа вређаш. Мислиш ли да ја не знам зашто сте јутрос ту и колика је војска ваша? Еда ли се на утврђен град баца камењем?"

Мирно пролази ка храму благосиљајући народ који вуче са собом своју муку и тражи укрепљење и молитве од свог духовника. Лице му је благо, пријатно и светло. Блиставо. У очима, распламсали огањ вере и радости, милује великом добротом. Прстима пролази кроз косу, заветовану да је од пострига у монаха више неће сећи, и као да се нечега досетио, застаде пред самим улазом у храм, окрену се, начини мали наклон верујућим, подиже очи небу, заблагодари Богу и прозорљиво изрече:

„Чувајте се оних који не улазе у тор овчији на врата, већ прелазе на другом месту!"

Свакако, многи су добро познавали Јеванђеље и да је Христос овде наговестио долазак многих лукавих учитеља. Такви душу одводе у погибао. Знали су и то да их је игуман овим речима упозорио да су близу они који траже да се манастир поруши. Тог јутра дошли су без званице, прикрадајући се као лопови, јер свако ко у себи носи рђаву намеру неизоставно мора бити претворан како му се замисао не би разобличила. Наум таквих је да плене, да смућују многе и зато улазе на том другом месту како би сакрили своју подлост. А онај ко улази на сама врата, истину сведочи и таквог радо слушају, јер у њега нема злобе ни лукавства. Такви су сви који следе Христову науку, а игуман Николај је дословно испуњава.

Служба у храму се завршава у достојанственој тишини. Тако је благословио игуман. Светлост долази једино од свећа и многих кандила. Она се никада не гасе. Служи се као у прве дане отачке вере. И то је игуман благословио. Манастирски типик је строг, подвижнички. Зато је ово свето место однеговало многе маслине што доносе свој плод, врлинске монахе. Они испуњавају све оно чему су се заветовали. Ипак, Крст страдања манастира могао је изнети једино игуман.

Велики је подвиг бити монахом у манастиру. Увек огрнут молитвом и умрети за сваки свој прохтев како би служио другима, немоћним и искушењима намученим. Много таквих је свакога дана примао игуман Николај. Крепио их је и свакодневно износио молитве пред Господа. Његова величина може се мерити једино из небеске равни, јер је превазишао све земаљско.

Нико не може бити увенчан славом ако не разбије непријатеље Божје о стену. Ако не постане јачи и од себе. Игуман је давно свукао тог старог човека и сада се праведно бори и против зла које га окружује, украшавајући тако, свој већ заслужени, венац. Беседећи тог јутра, игуман се присетио својих првих монашких дана.

„Упаљена свећа и тисак мајчине руке ме благословио пре готово читавих пет векова да ступим у службу монашку, ангелску, и останем посвећен Господу. Памтим сузе радости које је отирала рукавом и како ме благослови. Закрсти ми чело, обљуби ноге и скут, смерно подиже очи и потврди: 'Иди, сине! Зар корен твојих дедова да остане без изданка? Сви су достојно служили Господу, а тако чини и ти. И гледај да останеш у манастиру Христа Спаса кога завешта твој отац за живота да се у њему његово љубљено чедо подвизава!'

„Испунио сам оно што сам мајци тада обећао. И што сам се заветао Господу. Служим Му срцем, чувајући чисту веру. Сви то добро знате. А знате и да у ове дане своје дубоке старости браним братство и манастир од оних које сам сматрао својим. Од људи из свог народа што су изгубили разум, па им је засметала ова светиња. Такви хоће да је поруше. Сами се Богу не моле, па би још и вас у томе да спрече. Мисле, ако не би било овог манастира да би и вера у вашим срцима закоровила. Варају се и себи праве осуду. Јер, нити ће учинити са овом светињом то што су наумили, нити је ваша вера једино у овом манастиру, већ пре свега, у Христу Исусу.

„Читав свој век провео сам у овој обитељи борећи се са злом. Напада без престанка. Никако да се повинује, да одступи. По освећеним костима мојих предака, положеним украј овог манастира, неки сада газе као да је коров, а не камен опомене да се уз Христа остаје и опстаје! Који су то међу вама данас испружили руку, да како прашином заспу камену плочу на коју су исписана њихова имена великим словима? Архимандрит Василије, задужбинар ове светиње, архимандрит Авакум, његов наследник... Мислите ли да ја не знам због чега сте јутрос дошли овамо? Неразумни, коме то служите? Умијте очи водом освећеном, док још није касно, како би прогледали. Принесите кадионицу покајања због ваше зле намере како би мирисом тамјана нашли милост у Господа.

„Молитвом је наше братство утврдило зид правде и љубави како би иза њега нашао заклон свако ко тражи истину. Уста наша навикнута на хвалу Господу без престанка, зар ће казивати шта друго до чудеса Његова. И овај манастир ће чудом бити одбрањен! Видећете га сви у овом дану. Неко ће га од вас што сте јутрос дошли са рђавом намером у срцу, разумети и покајати се. Тешко вама који то не учините!

„У чије име понесте са собом исту ону греховну буктињу као и неразумни војници што свезаше руке Христу? Сребреници Јудини, због чега устадосте у безумљу свом да како сасечете жиле ове монашке тврђаве? Знате ли да су се у њој ваши дедови молили? Посрамљени од своје савести што сада спава у вама, пашћете на колена вапијући за опроштај од Бога, ако вас пре тога не сломи десница Његова. Ако вас не упише у књигу заборава у којој ћете једино бити помињани. Упамћени једино у забораву, има ли већег понижења за човека? Устаће Господ, неће довека гледати на безакоња ваша! Пазите да вас не погуби у гневу свом. Да вам не затрпа кораке ваше и да вам уста лажљива засвагда не завеже! А дан и час, зна ли ко? И кад светац Божји каже да су дани као трен, па дрхти очекујући своју кончину, колико би ви тек требали ридати над животом својим разбојничким, којим дођосте пред сама врата адска. Пазите да вас живе не прогутају! Поспите главу пепелом, окајте безакоња.

„Врећу грехова сте напунили до врха. Још увек је можете свезати и бацити далеко ван града срца вашег. Ако то не учините, подераће се изнад вас и пасти вам на главу. Убити вас. Одавно сте запрљали тај дворац у себи. Где је дворјанка ваше душе? Где слушкиња која ће га помести? Виноградар који ће уместо корова посадити лозу која ће дати рода? Неразумни, сиђите у мрак своје душе и ударајући се у прса из њега не излазите док вас светлост добрих мисли и дела не озари.

„Сви смо ми позвани да творимо мир. На љубав и милосрђе, али у томе нема присиле. Нема позоришта. Мислите ли да овца и вук не могу бити у истом тору? Могу, али треба најпре вуковима зубе поломити и смекшати им срца. Ви сте као грабљивци дошли да плените, а не да се како покајете. Немудри, намислили сте да се на Бога камењем бацате? Од ове светиње би да направите разбојничку пећину? Зар од храма Бога живога жртвеник идолима да направите? О, кад би се бар један од вас покајао! Кад би се разгорео тим божанским огњем да остале посрами!

„Пред сваког човека се увек ставља један избор — да ли да корача зеленим пољем добрих дела и пронађе бистри извор врлина, или да се од њега окрене и оде у пропаст. Ви у безакоњу пијете са мутне баре. Хоћете да протерате ову обитељ која ниже молитве Богу на бројанице надања, муке и страдања? Гледајте да се исправите док још бар мало светлости имате у себи, да вас како тама сасвим не уграби.

„Верни мој народе, Бог вас благословио! Не брините и не жалостите се. Удараћемо на сва звона и за Васкрс! Приближио се највећи празник. Служите Богу истинитоме као и до сада. И у све дане живота свога! Амин.”

Космичко питање да ли жива вода добра, жива реч, испира увек сваку подлост у неким људима? И слутња, да се како њоме очишћени, опет не упрљају. Ова игуманова опомена могла би и усахлу смокву усправити да је јутро не препозна. А хоће ли обнажити тог старог човека у онима што су јутрос дошли са лукавом намером да како угасе овај вековни манастир? Хоће ли га обући у ново рухо?

Мук и до земље погнуте главе. Нико не говори. Има ли краја мучењу душа оних који су сву наду полагали најпре на Бога, па онда на игумана, чије су службе, искрено волели. Веровали су да ће Николај сачувати манастир Христа Спаса, то место борбе за светлост и радост на коме сваки човек од вере храбро носи своје бреме. И ниједан се не занима питањем шта то све може стати у нечији туђи свет и живот, у читав један век. Научени да себе исправљају, у туђе слабости не гледају.

Али, нису сви људи исти, као што ни песак морски није налик оном у пустињи. Нажалост, има и оних који вуку са собом своју подерану животну торбу из које испада сва палост људска. Разврати и злобе. Кривоклетства и лажи. Преваре и хула на Светињу. Други, опет, марљиво убирају сваки добар плод и мудро га скривају у голему врећу своје душе како се не би гордили њима. Зашто се онај који нема размеће својом сиротињом, ако онај вредни и богати скрива своју ризницу добара? Зар заиста неки верују да је могуће изнети на тезгу живота црвљиву јабуку и за њу, у откуп, добити бисер многоцени?

Мало је остало искрености у људима и зато свет све више личи на позориште у ком се истина покушава одглумити, као да је то могуће. А лажне је мудрости, лукавства и претворности, превише. Њих разобличавају само они који су распламсали буктињу истините вере, чедности и братољубља.

Куда то човек, као да је несвестан промашаја, жури за свог века? Како се не умори од њих? Саплиће се на сваком кораку. Погнуо главу, очајан и притешњен слутњом да неће довршити своју Вавилонску кулу. Кулу, коју је надмено започео и градио сујетом. У срцу је намислио да му се неко ко остане иза њега поклони. Њему и тој његовој „идеји”. И да му служи.

Откуд та неразумна жеља у човеку за покоравањем другога, ако на крају смрт свакога уграби? И све оно што сматрамо својим поседом? Зашто онда неки отимају од ближњег свога? Подижући себи име на рушевинама туђе несреће и бола, газећи преко костију оних који су се утврдили у правичности и поштењу, чине сраман чин и узимају велики залогај Божје казне и осуде!

Али, неуке људе ни тихо прикрадање смрти не уразумљује. О њој такви и не мисле као да их никада неће ни уграбити. Мудри са трепетом стоје увек једном ногом у гробу, опомињући се својих грехова. Покарани од своје савести, али и са надом у велику Божју милост. Живот је свакога човека разнобојно ткање, које се на крају или осипа да му не остане ни трага, или везује чврстим чворовима како га ништа више не би могло подерати, па чак ни смрт!

Ако светионик добрих дела наводи брод, наш живот, у тишину луке заклоњене од таласа, зашто неки крманоши заборављају да доливају уље, па им се светила згасну усред олује, а од брода им остане само олупина? Несрећни су они којима је само неразумност велика. Такви се увек гневе на оне у којима је мудрост. Човек је склон да презре све оно што сâм нема. Можда у томе и јесте гњило дно његове палости и пораза, јер остаје надјачан нечијим великим карактером и врлинама. Њих имају само стрпљиви, јер за све вредно и велико неизоставно се мора чекати. Понекад се то што тражимо, што очекујемо, ослони и на саму вечност, али зато се и плодови убирају у њој.

Зашто неки људи корачају путем који их одводи у пропаст? Они промашују циљ живота, јер упорно пуцају у празан ваздух својих бескорисних жеља, покушавајући да га погоде. Где је ту смисао, идеја, та златна струна која оплемењује душу и извор у дубини самог човека чува непомућеним? Зар се животни бисери чувају под јастуком шарених снова и маштарија, или су скривени у запечаћеном ковчегу, кога са великим трудом треба отворити? Колико је данас оних што мирно подносе сваку муку, на свему благодарећи и искрено тражећи Бога? Колико је остало оних који су спремни да страдају за светле циљеве, за љубав и истину, и који држе исукани мач у рукама борећи се против зла у себи и око себе?

Човека, који не расуђује мудро и не разликује добро од зла, лако обори његова слобода да изабере. Многи су узели камен уместо бисера. Тако је лакше, али плод је јалов. Велики свет људи малог карактера. Оних који прогоне просвећене умове, јер једино знају за своју празнину коју не могу да отрпе, нити да је, научивши се од других, испуне добрим делима, па из зависти покушавају да баце сен на оне који су руком Божјом вођени. Не разумеју да у томе никада неће успети. Ипак, неки су јутрос устали на игумана, у свом безумљу мислећи да је снага у њиховом броју, а не у ономе што Господ хоће. Многа копља тупих врхова и без јачине. Немаром душе развраћени. И злом намером помрачени.

Бледо, мршаво небо, искројено муњама, пуца по својим шавовима. Ништа тако брзо не може да промени израз лица као оно. Мршти се, надмено претећи. Спрема олују. Дубоким гласом грми у свом гневу. Пролама се јак прасак, мерећи растојање између неба и земље, које људи сваким даном, грехом, све више повећавају. Гром прети. Или опомиње. Понекад и кажњава непокорне. У близини манастира оставља иза себе траг пустоши и дима. Они што су јутрос дошли како би прогнали игумана са монасима, застрашени, попадали су на земљу. Нејаки да поднесу за њих неподношљив говор неба. Спустили главу, без храбрости да погледају испред себе. Страх их мучи и спаљује изнутра. И као да су у бунилу па говоре нешто свак за себе, и неповезано. Подрхтавају као у грозници. Силни једино када другима злобе, устукнули су пред стварном јачином. Неки су чак рукама почели да гребу по земљи, не осећајући и не знајући шта чине у том грчу престрашеног тела. И као обузети бесима, шкргућу зубима и испрекидано испуштају крике од којих обузима некакав ужас. Ударају се у груди, не знајући ни шта чине нити зашто то чине. Нико не проговара ни речи. Чују се само тешки, мучни уздисаји и вапаји као у породиље. Лица им постала другачија, измењена од страха. Као да су укочена. Не дижући главу, неко од њих се прибра и дрхтаво повика:

„Изгинућемо сви.”

Игуман се само насмеја овој малодушности, не скривајући велико одушевљење Божјим промислом што је гром поразио све оне који су исковали рђаву намеру у свом срцу да манастир поравнају са земљом. Готово неприметно развлачећи усне, Николај прошапута:

„Велика су дела твоја Господе, све си премудро створио!”

Поглед управио у небо и помало претећи, подижући глас, продужи:

„Ништа није скривено што неће изаћи на видело! Ништа није тајно што неће постати јавно!”

Када се гром проломио ваздухом, чиновник Александар се држао другачије од оних са којима је дошао тог јутра. Истина, и он је био не мало уплашен. Подрхтавао је, али остао је присебан, разумевши да је та опомена одозго долазила њима. У том тренутку, његова мисао се изменила. Био је мрзак сам себи. Присећао се дана у којима је дуго остајао у разговору са игуманом. Од њега му је увек долазила помоћ док му је био веран. На очи су му навирале сузе бола, јер коначно је постао свестан колико је неправде начинио том човеку. Издао га је и придружио се људима који су долазили до богатства размишљањем лупежа. Покрали су новац намењен за изградњу сиротињског дома, затуривши га у свој џеп, а са њим и своју савест. Решили су да тим истим новцем изграде сраман дом разврата и то на месту манастира Христа Спаса. На добром положају, а лошег, готово никаквог морала, преузносили су се својим лажним угледом међу људима. У то време, када је Александар изгубио честитост и удружио се са њима, породица му је била у оскудици, али за зла дела олакшавајућих околности нема. Сада богат, највећи је сиротан. Болело га је што се свим бићем спустио у дубоку таму непоштења и себичности. Нешто га је вукло да промени свој живот. Да призна свој грех. Са великим напором усправи од страха раслабљено тело. Погледао је на место где је гром расуо стену у комаде и стао запрепашћен. Баш ту, они су сакрили читаво оно мало богатство приграбљено великим непоштењем. Прибра се и пред свима исповеди:

„Знам да нисам достојан ваше милости, оче Николаје. Али, ово хоћу да признам пред свима — ја сам један од оних што су тамо”, рукама показујући на место где је небеско сечиво запарало земљу, „сакрили туђи иметак, знојем накапани. Од њега је још давно требало изградити онај сиротињски дом што је тек прошле године муком подигнут. У малоумности својој, са себи равнима, ја сам то народно благо наумио да расточим на изградњу куле срама и бестидности и то, авај, на овом светом месту! Какав опроштај ја сада могу да тражим од овог честитог народа? Казните ме, каменујте на правди Бога! То је моја заслуга!”

Нигде мање речи од оних у покајању. Тад су уста сува, а очи сузне. О свему можемо дуго говорити, али кад отворимо тај прилаз својој души и из ње почнемо износити своје бестидности, убрзо заћутимо. Али, јачина речи није у броју, већ у њиховој искрености и решености да се човек исправи.

Александар је чврсто одлучио да од разбојника постане праведан и честит. Да пређе преко јаза своје палости и да се било чим искупи. Посрамио је све са којима је био једно. И сада су се они придигли са земље и журно побегли од свог стида. Намеру им је разобличио неко ко је смогао снаге да се промени из самог корена.

Пред игуманом је стајао покајник. Отресао је сву прљавштину са свог животног шињела и стао у одбрану правде. А када један народ, заслугом великих карактера људи светлоносних, засија и кроз људе што су дуго остајали тама, може се у будућности надати и свом општем васкрсењу. Ако је кандило упаљено и пријатно светли, уље које се долива у њега постаће светлост. Тако је и са људима. Један просвећен великан, својим речима и делима, згрејаће охладнела срца у многих и обратити их спасењу.

Човек је нарочита тајна. Чини се да веће готово и нема. Јасан одраз сукобљеног добра и зла у себи. У овој борби што траје откако је света, свако ко изађе као победник, имао се рашта и родити. У читавом веку једног човека, нема веће победе од ове. У вековима што су остали иза. У онима што тек долазе.

Човек изграђује, али и руши. Учи законе живота, али често их заборави и по њима престане живети. Познаје љубав, али не даје је баш увек. И колико уме високо да уздигне заставу мира са свима, толико се понекад ниско спушта у сукоб са себи равнима, са људима. У свему томе и јесте та његова унутрашња борба. И никада није коначна. Траје све док човек живи. Он пада, али и устаје како би наставио да се бори. И тако све до смрти. Она сабира све. И одваја. Добро на једну, зло на другу страну.

Човеку је једино могуће да постане сличан лику анђела, чак да буде и већи од њега. Јер, где човек заћути, Бог проговори. Где падне, Он му пружа руку и усправља га. Важно је борити се и увек бити срцем на страни правдољубља, истине и доброте.

А да ли ово знају они што су јутрос дошли у манастир као грабљивци, а из њега се срамно вратили, раслабљени и поражени? Да ли ће икада и сазнати? И колико је таквих што лутају? Горди, када ће се уразумити? Има ли у њима још понеки преостали жижак који би им просветлио разум? Отопио ту леденицу, оков срца.

У људима коровите душе и бесплодних мисли, љубав не може саградити двор. О, зар је, иако раван анђелу, човек допао таквог греховног блата, без искрене доброте? Да ли ће са онима што су постиђени Александровим речима побегли, побећи и њихова скверна мисао, или ће је они сами морати прогнати из свог срца? И да ли ће навикнути на развалину свог живота бар покушати да подигну, на стубовима јутара која тек долазе, смарагдни дворац радости и истине? То је та битка коју не почињу сви. Неки то и учине, али остану смртно рањени оштрим копљем својих рђавих навика. Њих ослободити се, није лако.

А време нема довољно мастила да бележи живот сваког човека и зато то чини само са величинама. У књигу позлаћених корица, на две стране, одвојено, биће исписана имена игумана Николаја, онога који је одбранио светињу од неразумних људи, и чиновника Александра, покајника који је одустао од своје зле намере. Исповедио је и ревносно градио храм на месту где је гром означио некада смишљену превару.

СВЕТИТЕЉЕВЕ МОШТИ

Под крошњом многолетне, манастирске липе, удубио се старац, калуђер, у своју мисао. Велику и значајну. Седа му брада сведочи о његовој великој мудрости. Преклонио руке преко груди и благим се погледом загледао у даљину. Разговара са Богом. Велика смелост коју једино велика љубав према Њему може изродити. Корача мислима небом. У тишини и осамљености.

Бити међу људима у свету велика је радост, али и незгода када свако од њих стане тражити да му се посветиш, а човек је један. Недељив. Читава личност. И сви хоће и очекују све, целог човека. И тако увек, без изузетка.

Усамљеник не тражи никога од људи већ самоћу и тиховање. Али, њега многи хоће и иду за њим. Људи и демони. Једни хоће утеху и поуку, а ови други његову пропаст. Може ли човек игде остати неометан у миру који га води Богу?

Свако ко је пожелео да у својој клети засади добре мисли, молитве, морао је остати нажуљног читавог свог бића. Јер, кад разгори ту лучу милости и истине у себи, коју ће несебично изнети пред друге људе, он тек тада сазнаје колико ће због тог свог апостолства добра бити прогоњен. Чак и омрзнут од неких. И што му је већа решеност да се уздиже ка врховном добру, Богу, Крст на ком га разапињу постаје све тежи. Све због одлучности да се издигне изнад греха. Изнад смрти. Грех и смрт једно су.

Постоји ли већи мрак од оног у души човековој, који га стешњава до зрна песка и гони да остане покоран злу и мржњи? Тим стоногим мучитељкама људске душе. Мрак у човеку није никаква космичка загонетка зависна од некога другог. Он је властити тиранин онога ко га у своју душу богато угости. Неко то чини из незнања, а неко из окамењености срца.

Ни велику светлост нико тако обилно не може примити него опет она, душа човекова. Па зашто онда неки ходе путем без фењера, без водича, а неки мудро корачају у виделу? Човек је велика тајна и свакоме је дата могућност да изабере. Једни краткотрајном сладу греха широм отварају врата и тако губе пролаз за Царство Небеско. Иза таквих не остају речи. Нити дела вредна помињања. Други су, опет, у расцветалом пољу врлина, правде и добра. Иза идеја које су носили у својој богатој духовној ризници остаје вечити печат кога нико и никада не може поломити. Њиховим узвишеним мислима као да и сама небеска светила ходе. Такав је и прослављени Божји угодник, нашег рода, отац Николај српски.

У манастиру Светог Николаја Чудотворца Мирликијског, владичиној земној задужбини, положене су нетрулежне мошти овог српског светитеља. Кроз њих Господ и данас говори и опомиње. Мошти великана свог и свих небеских народа. Њиховим благоухањем испуњена је свака бразда коју је са муком заорао тежак, Сава, изнад имања богоносног Велимировића. У рукама овог простодушног сељака је плуг, који исписује повест по освештаној Лелићкој земљи, како се улази у величанствени дворац без кончине. У Царство Небеско. Трпљењем и муком, не другачије.

Мирис исцветалих липа тек му мало увесељава душу и он се опет, уморним рукама, ослања на раоник који му исписује судбину. Брише зној са смежураног чела и с времена на време застаје како би одмерио преостали лук сунца до његовог заласка. У сами смирај дана, оставља раоник и погледом прати како сунчеви зраци постају још сјајнији од крста на манастирској куполи. Ова тајна и лепота у Божјој творевини, не остаје непримећена будним, духовним оком овог поштеног, и надасве честитог старчића. Можда чак и даљњег потомка Светог владике Николаја.

Свако ко испуњава оно што нам је Господ благовестио, а Свети владика Николај речју и делом потврдио, може се сматрати родом рођеним овог српског великана.

Колико ли је бразда остало за овим старим тежаком Савом? Колико молитви? И пре него што крене пут манастира на вечерњу молитву, сваке вечери, на Божјем имању кога је добио у животни закуп од Господа, он испева тропар благодарења Светом Николају српском. Његовим је укрепљењем поднео сву тегобу и замор дана. Тек тада журно креће ка манастиру остављајући за собом раоник који ће га стрпљиво сачекати до новог јутра. Раоник и бразду која означава крај једног, и почетак другог, тежачког дана.

Испод њега брује звона. Молитве је час. Олакшање и души и рукама. Близу манастира осећа се пријатан мирис тек истопљеног воска. Старчић, Сава, иако отежалог корака, ипак журно улази у порту како би стигао на сами почетак вечерње службе. Велика ревност и љубав према Богу и његовом прослављеном угоднику, Светом владици Николају, побеђује природну тромост старчевих корака. Скида прашњаву капу испред манастирских врата. Крсти се одмереним покретима руке и улази.

Откуд му снага да поднесе сав замор дана и да у његовом смирају одстоји читаву вечерњу службу? Не долази ли од светитељевих моштију и не снажи ли му мишицу Свети владика Николај, Богом и небом прослављени светитељ!

Путеви којима идемо су многи. Увек другачији. Посебни. Велика је тајна живот човеков, смрт још и већа. Није лако прећи трновитом животном стазом и доћи у долину мира, мудрости и љубави. У Царство Небеско. Како ли је тек било вртлару људских душа, Светом Николају српском, да прокрчи зарасле путеве свог рода, и да на место тог некадашњег трња засади мирисне руже — добра дела и молитву у њихова срца! Многомолитвени светитељ. Узданица читавог једног народа. Скинуо је прашину са небеских трагова у нама што су дуго остајали прекривени незнањем. Облагодарио нас је, просветио. Као велики замајац, који вуче за собом мноштво малих точкова наших живота, како би и они прешли преко овосветске калдрме и ушли у радост Оца нам небеског.

Има људи који се својим трудом исправљају, и то дело, достојно је похвале. Опет, неки то никада нису ни покушали. Ако и јесу, брзо су стали. И, коначно, свет походе и великани који својом речју, идејом, светлим примером, мењају свест у многих и тако постају светлозарна луча од које се читави народи могу разгорети истином и мудрошћу! То су Божји Свети. Свети Николај српски, један из те небеске војске!

Нејаки људи обарају друге. Силни су они што се рву са својим слабостима, док их коначно на земљу не оборе! Неразуман се човек мери човеком, а мудром је Бог мерило и он Га види у свему. Заслепљени грехом Га не виде чак ни у Његовим Светима! Такви су и Светог владику Николаја одгурнули од себе. Протерали су га, навикнути на своју таму, која није хтела да прими пламен истине његове свеће, јер њиме се све разоткрива. Свака лаж. Свако зло. Истину о себи такви нису прихватили, па су се још од ње покушали и сакрити. Нису разумели да тако само себе обмањују. Не признавати своју палост, равно је мучном пешачењу кроз безводну пустињу у којој једина оаза, сам Господ, сваким кораком остаје још удаљенији.

У вековима стоји записано да ће тајну живота отпечатити не лукави и страшљивци, не горди, већ простодушни и срцем незлобиви. Ту тајну онај старчић Сава носи у грудима као многоцени бисер. Он њу живи. У тишини готово сваке вечери завршава своју вечерњу молитву стојећи украј мошти богомудрог, анђелима омилелог, Светог владике Николаја. С времена на време спусти руке на кивот. Као да тражи благослов од светитеља. И тако, у молитви, остаје до краја вечерње жртве Господу.

Тишина непокретно улази у сваки кутак села. Њој је то могуће. Тек понеки лавеж пса покушава да покида ту мрежу исплетену концем вечери која се увелико спустила. Узалуд, и сам се у њу мрси. Лаганим кораком старац одлази дубље у село, добро знаним му путем. Пролази поред дома у ком је рођен српски светитељ и ту накратко застаје. Из дубоког поштовања. Крсти се и наставља ка своме огњишту. Тамо пали кандило и под његовом светлошћу мало одстоји. Прошапуће понеку молитву пред починак уморноме телу. Онако како је отворио врата јутру, тако их је и вечери затворио — молитвом. Између јутарњег и вечерњег приноса Богу, ћутке бразди своје поље и тако прехрањује многочлану породицу. Жртва, угодна Богу. Скромно живи и на свему благодари Господу, и ономе који Му је угодио — Светом владици Николају. Гледа са свога поља свакодневно у многе потоке од људи, који се уливају у бисерно језеро од светитељевих моштију. Многи им долазе и коленопреклоно прилазе тражећи утеху. Озарење ума или охрабрење пред навалом искушења. Све их прима прослављени великан. И као да наочиглед свих и сада окреће своје бројанице и благосиља верујући народ. Свакога гледа својим племенитим, пророчким очима, побуђујући на ревност у служењу Богу и ближњима. Својим жезлом опомиње да чувамо и крепимо веру у нама. Указује и показује пут неба, којим требамо корачати.

Широм поља, око манастира у коме су положене светитељеве мошти, проносе се поуке из Јеванђеља. Оно стоји на грудима овог Божјег човека. Близу срца. Куцају на праг свачије душе и владика нас опомиње да их примимо. Али не само да их примимо, већ и да их испунимо у свом животу!

Велики је благослов и дар нетрулежно владикино тело за свакога човека кога је Господ удостојио да се роди тамо где и овај великан читавог једног народа. И многих народа. Али, и одговорност пред Богом. Јер, живети у близини тела које није осетило трулост, значи и следити његов земни пут!

На устима многих људи даноноћно се чује хвала Светим владиком Николајем. Они се хвале њим као што се он увек, и само, Богом хвалио. Богом и Његовим Светитељима. Многи говоре о његовом светом животу, а он је увек и много говорио само о Богу. Њему је за живота достојно служио. Због тога и данас сија као светлозарна луча, осветљавајући пут своме роду, како се у тами незнања и греха не би саплео. И изгубио.

Многе су године прошле откако је овај светитељ сахрањен, али може ли се са њим и његова чиста душа и срце икада сахранити! Они живе! И живеће! У вечности. У Царству Небеском. Поред кивота са светитељевим моштима осећа се топлина и велика радост. И као да се још увек чује тихо куцање његовог племенитог срца, те колевке многих врлина.

Свакоме од нас потребан је унутрашњи мир и мудрост по Богу, како бисмо изнели своје бреме. Свој Крст. Како би испунили назначење од Господа. И свако ко срцем стане испуњавати од Бога поверену му дужност, бива мучен многим искушењима, јер ђаво такве нарочито напада. У том духовном војевању тешко је чврсто стајати на ногама. И што је некоме већа одговорност Богом поверена, то су напади читавих легиона демона на тога изабраника Божјег чешћи и силнији. Колико ли је тога претрпео Свети владика Николај када је изабран да духовно васкрсне читав један народ! Колико љубави према Богу и људима је имао, и има, када је састрадавао са сваким човеком? Тужио са сваким невољником, крепио свакога кога би обузео дух маловерја! Откуда толика снага у једном човеку да подиже и васпитава многе? Откуда, ако не од Бога! Њему је Свети Николај српски верно служио и због тога је прослављен на небу и на земљи.

Многи испевају тропаре вољеном владици и сузно се моле пред његовом иконом у свом дому, или поред његових моштију које сведоче и прослављају васкрслог Христа. Оне су лек за сваку рану. Мудрост за свако незнање. Истина против сваке заблуде. Уверење за сваког фарисеја који тражи видљив знак како би поверовао. Али, и много више од свега тога. Оне су велика Божја милост за све нас и са светога неба на земљу спуштен живот вечни. Нетрулежни.

А од манастира у ком се брижно чувају владичине мошти, на нешто мање од пола сата хода, пободени су крстови на хумкама дедова и унука. На истом, омаленом брежуљку. Одмах испод њих, ниже, у селу, украј топлих огњишта, лагано се њишу колевке њихових наследника. Над узглављем им бди Свети владика Николај, топло се смешећи са иконе обасјане светлошћу кандила. И зар то још увек неко сумња у васкрсење!

Недеља је. У селу свиће. Из крошњи птице прослављају васкрсење Христово и васкрсење жичког и охридског владике Николаја. Све се буди, живи. Радује. У даљини се чује лавеж паса. И фрула пастира који песмом изгони овце на испашу. Са манастирског звоника поново брује звона. Јутарње молитве је час. Светитељеве мошти миомиришу и позивају на заједницу са Богом.

БЕЛЕШКА О ПИСЦУ

Марко Д. Марковић рођен је 9. априла 1982. године у Лозници. Завршио је Војну гимназију 2000. године и четири године касније дипломирао на Војној академији на тему *Хришћанство и рат*. Отац је два дечака, Максима Лава и Андреја. Живи и ради у Београду, у Војногеографском институту. Од детињства је опредељен за уметност. Књижевност му је централни део стваралаштва, а упоредо са књижевношћу посвећен је и успешан у иконопису, дуборезу и фотографији. Наклоњен је руским класицима, а Русија му је непресушни извор инспирације за његова дела.

До сада је објавио: *Назиреј* (2010, збирка прича), *Жртвеник љубави* (2013, збирка прича), *Злочин у клевети* (2016, роман), *У себи заточени* (2022, роман), *Покојник – Покајник* (2024, роман).

Члан је књижевног удружења „Словенско слово”.

Марко Д. Марковић

НАЗИРЕЈ

Лондон, 2025

Издавач
Globland Books
27 Old Gloucester Street
London, WC1N 3AX
United Kingdom
www.globlandbooks.com
info@globlandbooks.com